Cóctel Íntimo

Cuento

&

Poesía

Del Alma Editores

Cóctel íntimo : cuento & poesía / Luís Ángel Marín Ibáñez ... [et al.] ;
compilado por Gladys Viviana Landaburo ; editado por Gladys Viviana
Landaburo. - 1a ed compendiada. - Cosquín : Del Alma Editores, 2017.
(Cóctel íntimo / Landaburo, Gladys Viviana)

ISBN 978-987-3907-08-1

1. Antología de Cuentos. 2. Antología de Poesía. I. Marín Ibáñez , Luís
Ángel II. Landaburo, Gladys Viviana, comp. III. Landaburo, Gladys Viviana,
ed.
CDD A860

delalmaeditores@gmail.com

Agradezco a los autores que aceptaron sumar sus decires, sentires y creatividad, para ser parte del libro antológico *Cóctel íntimo*. *Este* nace con la fusión de las letras de autores de Argentina, Ecuador, España, México y Puerto Rico. Esta compilación conlleva la intención de llegar al lector para que se abra sin prejuicios y se atreva a dejarse llevar experimentando instantes de plena libertad al sumergirse en la lectura para transformarse en cocreador de su propia obra, dado que cada obra es única para la interpretación de cada lector…

Editora

Gladys Viviana Landaburo

Ángela Aguirre

Argentina

Ángela Petrona Aguirre

Nació en un mes de Julio en la localidad de San Jerónimo Departamento El Alto, Provincia de Catamarca. Hija de Segundo Sergio Aguirre y Juana Angela Aredes. Cursó los estudios primarios en la escuelita de la misma localidad siendo la menor de 16 hermanos.

Desde el año 2003 fue integrante del GRUPO SENDA, Unión de Poetas Chacareros, participó de distintas Antologías del país, como Córdoba, Santiago del Estero, Salta, Tucumán y Catamarca. Como también recibió la Medalla de Distinción en la Feria del Libro organizada por la municipalidad de Valle Viejo; asistió a distintos encuentros de poetas de todo el país e Internacionales. En el año 2010 cursó el Taller Literario de la Universidad de Catamarca donde se plasmaron varias de sus poesías.

En el año 2016, una cantante catamarqueña, Luz Delgado, le puso música a una de sus poesías y hoy es una canción conocida como "Soy". Actualmente, continúa participando de distintos encuentros literarios.

A ESE HOMBRE

A ese hombre que destruye su existencia
y se olvida las caricias del amor,
tampoco puede percibir entre las plantas
el perfume que emana de una flor.

Él no mira por las noches a la luna,
ni contempla cuando nace el astro sol,
se cree que por él no gira el universo,
y se olvida que hay un Dios que es superior.

Se sumerge en el egoísmo de sus días,
amparado en su ego de ambición,
no se angustia con el llanto de los niños,
porque el hambre, no ha tocado su interior.

Hoy el mundo está contaminado,
porque en niños se consume el alcohol,
es la droga la que reina en los sembrados,
mala hiedra, que mata la ilusión.

De aquel padre que ha puesto su semilla
esperando de sus hijos lo mejor,
mientras el llanto oprime sus entrañas
implorando ¡Señor su salvación!

GOLONDRINA

Yo que he sido golondrina de verano,
marinero navegando en alta mar,
mi barca quedó anclada en tu destino
y no logra su viaje continuar.

Soy el viento que golpea tu ventana,
la brisa suave que te acaricie y se va,
soy apenas un recuerdo en tu memoria,
la que nunca en tu corazón existirá.

Fui torrente huracanado del destino
buscando alejar la soledad,
me fui envolviendo en el mar de tu ternura,
hoy no puedo, de tus redes escapar.

Busco y busco tener algún motivo
que acompañe mi triste caminar,
pero mi cuerpo, mis labios, te reclaman,
y hacen trizas… mis ansias de olvidar.

PLEGARIA DE AMOR

Dios que conoces mi vida
y... sabes cómo soy...
dame una luz de esperanza
y alivio a mi corazón.

No me dejes que me hunda
en un barco con piratas,
que no me roben el alma
y destrocen mi ilusión.

Que no mancillen mi nombre,
que vuelva a creer en el amor,
que pueda creer en la gente,
en la distancia... en una canción.

Que me sorprenda el día,
radiante la luz del sol,
que vuelva a escuchar los pájaros
y al escribir mis versos
lo haga de corazón.
Que nunca en ellos haya odio,
siempre florezca el amor,
Señor dame una luz de esperanza
y alivio a mi corazón.

ESPEJISMO DE UN AMOR

Mientras mi mirada buscaba horizontes
un barco navega donde yo viajé,
parada sin rumbo para encontrarte
un leño encendido donde madrugué.

Palabras bonitas hilvanaban poemas
estremece el alma tibia desnudez,
dejando en blanco las páginas frías
de un libro vacío que no terminé.

Te llamé mil veces y marqué la arena,
y en un viejo árbol tu nombre grabé,
las flores de ceibos en el suelo marchitas,
no dejaron rastro para no volver.

Te fuiste esa tarde marcando distancia
se callan las voces sin explicación,
supliqué al viento para encontrarte
pidiendo al ocaso alguna razón.

Y solo el silencio me dio la respuesta,
que nuestra barca, rompió el timón,
viaja sin rumbo, sin luz, ni esperanza
en una quimera quedó el corazón.

GAVIOTA HERIDA

Te fuiste en esa oscura tarde
dejándome sola en la oscuridad,
no valió mi llanto, que te suplicaba
no me dejes sola, tenedme piedad.

Me dejaste, aislada entre esas rejas
que tú decías que eran de cristal,
incliné mi frente y de rodillas
y entre sollozos me puse a rezar.

Había hombres sin piel y sin alma
bajo de un blanco, fino delantal,
querían destruir mi mente
para que no pudiera del amor hablar.

Solitaria ausencia de los días largos
un corazón vacío no podía llorar
mientras las imágenes bailoteaban
y una poesía quería escapar.

Le peleé a la vida y a la soledad
y me sumergía en la inmensidad,
aunque deambulaba veredas sin calles
y en sueños buscaba irme más allá.

Dibujaba flores, montañas y ríos
y regué las plantas para regresar…
y gritar al mundo quisieron encerrarme…
hoy soy la gaviota que vuela en el mar

TAL VEZ UN DÍA

Tal vez un día arrepentida
a ese nido vuelva a buscar
que no se entere que tú lloraste
y que tu vida pudo cambiar.

Pájaro herido abre tus alas
rompe barrotes y hecha a volar,
también se rompen fuertes barrotes
estos son fáciles, son de cristal.

Alza tu vuelo a otro horizonte,
deja tus penas, échalas al mar,
pisa en la tierra, nunca en la arena
así tus huellas se marcarán.

Canta a la vida, canta a las flores,
canta al paisaje, cántale al mar,
solo en silencio, guarda tus penas
que nadie sepa de tu pesar.

Que las cuerdas de tu guitarra
suenen más fuertes, cada vez más
y en tu garganta, las melodías
que en tibias noches solías cantar.

PINCELES DE POESÍA

Detrás del ventanal de la esperanza
caminando en el pasado todavía
pude conjugar el amor y la sonrisa
y borrar el dolor y la agonía.

A veces tuve que disfrazar una mentira
para poder llegar a la verdad que se escondía
sin embargo no estoy arrepentida
porque así pude plantar una semilla.

Muchas piedras salté en el camino
Dios me fue ayudando a eludirlas
a veces hacen falta las espinas
para lograr lo que tanto ansias.

Al dolor lo pinté con pinceles de poesía
y dibujé el horror en rosales de caricias
la tristeza se fue a llorar estremecida
cuando la felicidad colmó mi vida.

VIVENCIAS DE UN NIÑO

Chiquito moreno de ojos marrones
con dulces caricias, amigos a montones
en el súper te esperan todos los clientes,
una monedita o un pan caliente.

Cuando yo llegaba corrías a mi lado
¡Mi amiga del alma dame tú un abrazo!
Tu linda sonrisa changuito pequeño
¡Cuánto sacrificio conserva tus sueños!

De ser un artista o un diputado
y cambiar el rumbo que haya trabajo.
Peleas a la vida, eres diferente
de todos los niños nunca estás ausente.

Cuando me viste triste por mí has llorado
y al verme venías corriendo a mis brazos
¡Mi amiga querida yo te quiero tanto,
no te pongas triste yo estoy a tu lado!

Porque eres ejemplo de vida y trabajo
vuelves contento junto a tus hermanos,
yo siempre te extraño chiquito moreno
en este homenaje nombrarte quiero.

CANTO A LA VIDA

No debemos culparle a la vida
el difícil camino transitado
si a la rosa le vimos las espinas
e ignoramos sus pétalos perfumados.

Nos tapamos debajo de la escarcha
teniendo el abrigo entre las manos
no dejamos que nos nutra la esperanza
lamentando las obras del fracaso.

Preferimos recorrer solo el desierto
no observamos el edén a nuestro lado
nos quedamos aislados en silencio
y cerrando los tímpanos al canto.

Recuerda que el niño al nacer llora
y no conoce el motivo de su llanto,
es después que la vida entre sus juegos
muestra el libro con páginas en blanco.

Cada una escribirá entre sus líneas
finas letras que el destino va marcando
está en nosotros recorrer ese camino
que el supremo ilumina a nuestro paso.

Aura Aguirre

Ecuador

Aura Aguirre

Publicaciones en Ecuador y México. Poesía: Abecedario,«Soledades»,«Poemas escritos sobre una ventana»,«Éxodo». Prólogos: Catedrático escritor Dr. Carlos Manuel Espinosa, Poeta Ing. Alfredo Jaramillo Andrade, Catedrático y Escritor Dr. Gustavo Serrano Catedrático y escritor Ecuatoriano. DR Carlos Alberto Palacios, escritor lojano. Entrevista a la maestra María Luisa Sortres. Publicado en el libro colectivo de AMPEP, Asociación de Mujeres Escritoras y Periodistas de Puebla. Puebla Virreinal. Poema escrito a la ciudad de Puebla y publicado en la colección de libros de AMPEP por la Universidad autónoma de Puebla. «Garibaldi», cuento publicado en obras selectas de la Asociación de Escritoras y Periodistas de Puebla, Edición UAP. Entrevistas a diferentes personajes de Puebla. Colaboración en la Colección de libros de AMPEP Seis ediciones. Publicación en el libro de poetas lojanos, en Loja, Ecuador (2016) Inclusión de mi poesía en antologías tanto en Loja como en Cuenca, Ecuador. Cuento: «Se vende piel», colección de cuentos publicada en la Universidad Nacional de Loja, Ecuador. «Garibaldi», cuento seleccionado para la colección de cuentos de AMPEP Ensayo: «Mitos y verdades sobre la familia», Premio DIF municipal, Puebla, México (premio) Novela. «Una mujer sin soledad», Casa de la cultura de Loja, Ecuador. «Nosotras las de ahora con ediciones «Palibrio» y reditada por la Universidad Nacional de Loja, Ecuador: Conferencias en IUE, Universidad de Puebla (2017); Libro de AMPEP, publicación próxima (2017); Recopilación de poemas y algunos cuentos en el nuevo poemario (2017) En trabajo, Nueva Novela. Docencia: Maestra auxiliar y estudiante en Inver Hills Junior College Newport, Minessota Maestra auxiliar en Saint Catherine University. Maestra en Instituto bilingüe «Lomas de Cortes», Cuernavaca, Morelos. Catedrática en la Universidad Autónoma de Puebla BUAP. Maestra en la

Universidad popular Autónoma de puebla UPAEP. Maestra en El Instituto Juárez Lincoln Amistad Cristiana Cholula, Puebla. Seminario sobre «Cultura de la Legalidad «Instituto Tecnológico de Monterey. Representante de Relaciones internacionales de AMPEP. Actualmente socia de la Asociación de escritoras y periodistas de Puebla.Próximo poemario SÉ. Novela en curso.

OQUEDAD

Era el tiempo más largo que me había ausentado, lo entendí al observar que mi ropa había empezado a deshilacharse, desvanecerse, conservar solamente la imagen como un cadáver milenario que se lo levanta íntegro y en un flash se convierte en polvo.

Los candelabros resignados chorreaban la cera en láminas transparentes más largas que las lágrimas.

El resabio de la mecha puntiaguda negra daba solemnidad al cuarto.

Entendí enseguida que por un largo tiempo mi corazón se había paralizado como cualquier cuadro sometido a una pared. Eran los mismo muebles, los nuestros con sus olores cotidianos, distancias métricas de un buró a otro, el clavo del rosario colgante de cuentas grandes de madera, los cordones usados color gris que sometían la cintura de esas cortinas incansables en el «Abrir y cerrar».

Los muebles nunca interrumpieron nuestro paso a la cama; era la danza del amor, la danza misma de nuestros cuerpos sobre esos espacios preconcebidos.

El cerebro humano fija los recuerdos que queremos mantener para siempre y en ese croquis imaginario estábamos tú, yo, y esa eternidad flotando como éter adormecedor diluido en la atmósfera del cuarto.

Uno cree que puede olvidarse del pasado seleccionando en grupos los buenos y los malos recuerdos, tener el control del chip que desactive aquello de lo que nos duele deshacernos y de pronto no son motivos de existir como: flores secas en jarrones vetustos, latas improvisadas como candeleros, vasos o jarras trizadas, palabras indiscretas que levantaron muros.

No sabía cómo pero había que intentar desactivar esos recuerdos con alguna receta clásica un bisturí exacto, un hacha de carnicero sobre la coyuntura que desintegra el punto crucial en el destajo...

Lo hice aquel día en el que de improviso desperté y volví a sentir la madrugada, la realidad del sol naciente. Resbalé mis manos sobre la piel tibia de mi cuerpo y constaté que estaba viva, que uno no se muere con el otro.

Entendí que mi negación estaba obstruyendo la lógica de la vida. Nada tenía que ver con la permanencia de los muebles que estaban exactamente ubicados donde siempre estuvieron, esperando que yo a fuerza los moviera con esa misma dureza con que moví la cama de inmediato, cuando salté a la alfombra y la miré vacía.

Llevaba algún tiempo sin saber que habías muerto. Para ello inconscientemente ocupé tu lugar en el lado izquierdo en vez del mío a la derecha, como siempre lo hice donde quiera que estuviéramos y al que me devolvías o me regresaba plena después de amarnos.

Me di cuenta que después de lo sucedido dormí por mucho tiempo en posición fetal porque no tenía a donde ir ni otro mejor lugar para regresarme.

La cama, «nuestra» reina» ,había perdido uno de sus alfiles importantes y yo renuncie al juego porque sin ti, nada tenía que ver con nuestra aventura de amor donde al que queda se le retiran las armas, el camino, la única ubicación posible para seguir viviendo.

Esa cama y nuestros secretos, el amor es así o no es amor.

Pero lo real es que me he quedado sola y en esta mi primera noche después de tu muerte, seguí un ritual que iba a salvarme de mi misma…

Me quité la ropa para sacudir las migajas del pasado, eché al fuego toda evidencia de que estuviste en este mundo terrenal y sórdido.

Un chorro directo de agua sometió mi tensión y el jabón reinstaló esa frescura que olía a ambos.

Por un momento, mientras el agua corría cristalina bajo mis pies, pensé que la vida es corta y la eternidad muy grande pero que ninguna de los dos era importante.

La realidad es otra, esto se terminó y de un tajo. Uno de los dos ha muerto o quizá los dos de alguna manera (la muerte peor es la del sobreviviente) yo respetaré tu muerte y tú la mía, y el deseo de un moribundo es sagrado.

Ahora los pasos hacia nuestra cama, me darán una seguridad infinita, no serán los mismos de nuestro recorrido, cortos, porque no habrá el trayecto de nuestras caricias de piel que siempre terminaban en el diálogo.

El horizonte es distinto, los sobrevivientes no pensamos en el mañana, en eso, somos otros.

Sé que el último día que te vi llevabas la muerte a cuestas y que nada podía hacer por evitarlo. Vi en tus ojos el color acetrino y por eso te los cerré para que no me vieran…

En ese momento no entendí el proceso de la muerte, porque eras inmoral ante mis ojos.

Tomo el lado izquierdo de la cama, y con cansancio duermo el desvelo de años, me acuesto sobre todos los recuerdos tuyos para intuir otra forma de vivir sin ellos, para totalizar mi mente en la idea de que todas las noches del mundo sin ti, serán imaginarias, como si de pronto amigablemente, la muerte me hubiera convencido de que nunca exististe.

EL BRAZALETE DE QUINQUE

Antes der entrar a la choza, Matilde se quedó frotado el brazalete de quinqué eslabonado a su muñeca. Lo pulió con las caricias de sus dedos menudos, casi infantiles, sintiendo ese suave calor que ella sospechaba se había quedado impregnado en esa prenda sencilla que la acompañaría para siempre y por ello la lucia con orgullo las pocas veces que bajaba al pueblo.

El pueblo era su pueblo, su gente su gente su choza y su amor por Macario el muchacho de mal genio, arisco, eran parte de esa atmósfera de árboles ahora secos, huesos de ganado esparcidos sobre la sequía de los campos.

Pero la feria del pueblo todavía era alegre y Macario le compró ese brazalete antes de marcharse.

Pero, la realidad era que Macario ya no estaba, aunque se movía en su vientre en el hijo de los dos.

Aquel día, abrió la tranca de la puerta, el trozo de leño se venció mientras un gato zascandil se estiró atravesándose perezoso entre sus piernas.

La choza se sintió vacía de Macario, de su amor que de tanto fluir en abrazos, lleno cazuelas, humedeció las cálidas paredes de adobe, se escurrió por las ventanas, se apretujo en la cama y los hizo inmensamente felices por tanto tiempo.

Macario no iba abandonar para siempre esa choza por un trabajo de limpia mesas en el norte, porque Macario era hermoso y sus músculos estaban preparados para el campo, el campo de ellos, de su pueblo, de la patria.

El chubasquero de paja que ellos mismos construyeron para defenderse de la inclemencia del tiempo, protegerse contra las habladurías de los vecinos cuando escuchaban a Macario toser, y del verano que se ensañaba recalcitrante con olor a tierras secas.

Penetró la pequeña habitación. El catre todavía destilaba el recuerdo de las promesas nupciales.

Por primera vez sintió miedo de un posible destierro al país donde Macario se había ido, miedo del abandono en una esquina con su hijo en los brazos y la indiferencia de los transeúntes aunque Macario le contaba historias del país donde nadie se muere de hambre.

Ella no, no se iría, no estaba en su sangre abandonar su pueblo. Su madre traería una Comadrona y las tres se embelesarían con el chamaco que ahora jugueteaba en su vientre resbalando como un pececillo de un lado a otro y claro, hasta nombre de Macario.

Mientras iba humedeciendo espolvoreando el piso de tierra con agua para no levantar una polvareda, se alegró de que nadie como ella sería capaz de amar con ese ahínco que amó a Macario, y que la esperanza le había calado los huesos.

Se recostó sobre el petate en el que hicieron el amor tantas veces, se palpó el vientre y acaricio el salto de la criatura.

Se imaginó sola y luchando con dignidad nunca esclava de otro país que no quería ni siquiera imaginarlo por haber despertado los sueños de Macario.

Sacudió los ponchos y notó que empezaban a oler a brazas apagadas. Salió corriendo y atravesó el pequeño callejón de piedras que ellos mismos habían colocado una por una, recogió la ropa del tendero y se regresó corriendo.

Un miedo extraño la arrebató como si un demonio empezara a poseerla.

Regresó a la choza a rescatar lo que ella aun sin saberlo estaba perdiendo. Se rebeló y con el ánimo que le quedaba trató de refugiarse en el recuerdo comprender que el viaje de Macario fue forzoso, que los esqueletos de los animales muertos en la sequía, eran verdaderos, que realmente los pastizales estaban secos, no había nada para comer y la tos de Macario votaba sangre. Se acostó en el catre, se tocó el vientre, amó al hijo de su fidelidad, no tuvo el mínimo deseo de apagar la veladora que jugaba chisporroteando en los ponchos.

Miró hacia abajo, allí estaban los huaraches de Macario llenos de tierra, el morral sudado, la piel de tierra, su mirada negra, seca, luminosa sólo cuando la miraba.

Acarició el brazalete de quinqué que se deshizo en su delgada muñeca y chorreo en su pelvis dormida.

El dulce cautiverio de ese sueño ardía para siempre despojándola de la realidad, Ahora, iba a emprender el vuelo que les daría a ella y a sus hijo alas para alcanzar a Macario.

Elía Almada

Argentina

Elías Antonio Almada

2/08/1962 Concepción del Uruguay – Entre Ríos Argentina
Escritor/Poeta/Ensayista/Investigador
Coordinador del festival Internacional de Poesía La Palabra en el
Mundo en la ciudad de Concepción del Uruguay, años 2011 y 2012
Miembro del festival Cien mil Poetas el Cambio. Miembro Difusor
del Festival Grito de Mujer. Miembro de la Unión Hispano
Mundial de Escritores(UHE), Sociedad Venezolana de Arte
Internacional, del Club Literario Cerca de Ti, Poetas del Mundo.
Parnassus Patria de Artistas, Poetas e Escritores do Amor e da Paz
y de la red social Soy Poeta, así como de diversos grupos literarios
de Facebook.
Embajador de La Palabra – Museo de La Palabra, Fundación Cesar
Egido Serrano
Publicaciones:
Ha participado en más de 100 antologías en Argentina, Chile,
Bolivia Pero, Venezuela, México, Nicaragua, México, Puerto Rico.
Guatemala y España, tanto en ediciones de papel como ebooks,
también publica y difunde en medios escritos y orales de
Concepción del Uruguay y de la provincia de Entre Ríos y Santa
Fe.
Ha participado:
Del encuentro de Poetas, Escritores, Declamadores y Académicos
de Goya año 2011. Poniente
Del Festival La Palabra en el mundo Santa Fe 2012, 2013 y 2015
Conferencista, y del Encuentro Mundial de PCSur Santa Fe 2016
Del 1° congreso "Educación, Juventud y Militancia del Norte
Argentino y el Norte Grande", La Banda Santiago del Estero 2012,
Disertante
Del III Congreso de Historia Militar Argentina, Buenos Aires
miembro activo 06/07 diciembre 2012 poniente
De la Feria del Libro Santa Fe 2013. Conferencista

De la Feria del Libro de Buenos Aires 2015 – lectura de poemas y presentación de libros de escritores miembros de la Unión Hispano Mundial de Escritores. 2016 y 2017(Invitado esta ultima por Del Alma Ediciones)

Del III Congreso Mundial De Escritores "Miguel de Cervantes" y Encuentro Nacional de la UHE – Buenos Aires 2017

TIERRA SANTA CON HUMOR Y NOSTALGIA

Como si fueran guitarras
me abrazo a los recuerdos
esos que tengo en la memoria
también los de mis padres, tíos y abuelos,
desde el simbólico portón de entrada
que fue el rancho de Cantalicio
por tus calles con cunetas
hasta el fondo a los de los "Arévalos",
del seseo y la ocurrencias
de aquel correntino Nicasio
se va poblando mi sonrisa
llenando de lágrimas mis ojos,
en su juventud camionero
más luego simpático y amable taxista
reunió su bagaje de anécdotas
terminando su vida como bolichero,
sucesor de los partidos de truco
de los añejos bares de la José Méndez yGasola
con palenques para los caballos y burros
donde los paisanos ataban mentirosas charlas,
nadie que lo haya conocido
podrá olvidar sus ocurrencias y humor
el enredo de su vocabulario
o aquella tarde que fue tintorero,
"pada" que gastar plata en "tintodedìa"
si queda igual con "pintuda"
al saco acomodó en el respaldo de una silla
y con esmalte sintético le dio unas cuantas pinceladas,
también como después de una pedrada
reparó su techo de chapas de cartón
con diarios, más engrudo de harina y agua

y al secarse de fiesta los gorriones estuvieron,
se encadena la nostalgia
con la figura de Pedro Silveira
viejo de humor de perros y mirada agria
junto a su stud para caballos de carrera,
esos populares asados
comenzados con muy buenos mates amargos
y regados de amistosos vinos luego
que sabía hacer Don Saturnino,
los "pereviche" vecinos de mucho hambre
los compositores "Quico" Bernardi, "Josengo" Villoldo
y tantos otros personajes aún hoy en la mirada presente
con esas inolvidables rondas de historias y cuentos,
la noche se cambia por día
y amanecen con perlas rodando por el rostro
recordando a Don Carlos Talavera
llenando de música el pueblo,
el club para los carnavales
convocaba a las familias
se hicieron famosos sus bailes
en épocas que se debía regar la pista,
como encender los faroles
y armar una refrescante cantina
agasajando a los pobladores
con reconocidos conjuntos y orquestas,
suena tantas melodías
conmoviendo alegre a los sentidos
entre la escuela y la parroquia
quedó aquella etapa de niño,
de los cuadernos y libros, a la pelota
las alegrías de una libreta con buenas notas
habilitaba para el domingo, alentar en la cancha de Schap
a "los Diablos Rojos de Tierra Santa",

la Pringles de Hortensia
campanadas de blancos saberes
guardapolvo, pizarrón y tiza
bordando el listado de deberes,
tiempos bellos de lucha dialéctica
nombrados dulcemente por las maestras
y apodados por nosotros mismo
sin complejos ni resentimientos,
"la caldera", "la perica" y "el lechón"
eran individuales y referidos a compañeros de grado
también los había familiares o colectivos
así los Sánchez eran "los ñanduces" y los Marten "los burros",
con sabor a pan casero
o a torta criolla cocinados en horno de barro
se desgranan largos caminos
por donde pasan tantos años,
en los que a la vera del sol o la luna
quedaron alambrando la vida
duros paisanos y añoradas chinas
mezclados con rusos y gringas,
Maidana, Bonnin y Álvarez
van con Lava, Otto y Núñez
como "goyino" y "mingo" los carniceros
con Almaraz y Müller los panaderos,
nombres grabados con sudor
que hicieron del trabajo su honor
y aunque muchos ya sean placas en el cementerio
en mi ojos son vivos ejemplos,
esa es Villa Mantero
la villa que fundara Juan Ceró,
la de tantos "Gauchos Judíos",
que a "Las Mil Trescientas" poblaron,
con tan hermosa plaza

hace muchos tiempos alambrada
para que no le ingresaran la vacas
protegiendo el verde de sus plantas,
a la que llegaban las cosechas
para hacer el arroz comestible
fruto de la bondadosa tierra
en el molino de los Schenfeld,
la que guarda en sus entrañas
las miradas añosas y sepias
de quienes caminaron ese suelo un día
sembrando futuras alegrías,
como en escala musical
que va creciendo en sus notas
la emoción aumenta
al ritmo que la memoria se hace letra,
recordando algunas mujeres
que son parte de su historia popular
"la tito "Barboza o "doña Tuta" Martínez"
o Natalia Sigales apodada "doña Tanta",
recorriendo las calle del pueblo
en visitas a algún vecino
desde el mate de la mañana
hasta que al tarde se quedaba sin sol,
como esos domingo de tallarines
que se amasaban con tanto amor
sencillos ingredientes
que compartidos, tenían mucho más sabor,
ellas eran como las periodistas
que iban por toda la villa
llevando las tristes y alegres noticias
que adornaban las jornadas,
con sus anécdotas y anexos
coloreaban sus comentarios

jamás las detuvieron, ni las lluvias del invierno
ni los intensos calores del verano,
largas y sabrosas conversaciones
reverdeciendo la vida del campo
resucitando pintorescos personajes
con particulares vocablos,
pueblo de rasgos humildes
fotografía de un tiempo ido
que en la sencillez de su gente
perdura en costumbres y modos,
con su lado más pobre
anclado en "la costa brava"
donde la miseria y el hambre
no se escondían con nada,
el paso de algún linyera
sacudía sin estridencias la siesta
venían de lado de las alcantarillas
así nombrábamos los puentecitos de las vías,
la pobreza flaca florecía
como crecían las vacas en la estancias
de por ahí, a la vuelta nomas
sin embargo, había mucha dignidad,
no se conocían malandras
solo algún paisano con criolla picardía
el "carancho" Robles a la cabeza
en el listado de la policía,
y cuando no fue el
quien carneara alguna oveja ajena
le gritó bien fuerte a ley
"no es el carancho el único que cuatrerea",
el gaucho Nicolás Martínez
alias "bicho Colorau"
gustaba andar por los boliches

terminando siempre "mamau",
se golpeaba bien fuerte la boca
provocando a la quisquillosa milicada
huyendo por entre las sombras
al campo de su patrón,..., el Alférez Sobral,
de andar siempre bien montado
salteaba hábilmente las alambradas
tenía muy bien entrenado a su caballo
tendiendo sobre los hilos una manta,
después, recurría a la historia para que lo protegiera
de los tiempos de colimba en la marina
no se sería cierto o tierna mentira
más según él hasta la Antártida fue con Sobral,
como lágrimas sin dolor
se encadenan anécdotas con historias
y allá por el horizonte
vienen llegando más y más, en vagabundas tropas,
son como aguaceros de sentimientos
que en chaparrones sonrientes
ruedan acariciando el suelo
germinando en nuevos recuerdos fértiles,
historia acodadas a un mostrador
entre la suerte de naipes y tabas
que hoy van de la risa al llanto
y vuelven en emocionadas cabalgatas,
quien hoy me puede creer
y sin embargo es muy cierto
el tiempo de las kermeses
para los "días de ánimas" en el cementerio,
y la organizaba el cura
beneficio para la parroquia
cantina con cancha de bochas
casi al lado de las tumbas, entre flores y velas,

son estampas de la memoria
escritas con letras calientes del corazón
que se aguardan en el alma
y se desandan según la ocasión.

Aclaraciones de vocablos:
"pada" pronunciación errónea de para
"tintodedìa" pronunciación errónea de pinturería
"pintuda" pronunciación errónea de pintura
"Arèvalos", familia de pobladores
"ñanduces" pronunciación errónea de ñandúes
"Bicho colorau" en lugar del correcto bicho colorado
"mamau" en lugar del correcto mamado o borracho
"días de animas" referidos a los días 1 y2 de noviembre. De los
fieles difuntos y todos los santos.

María Elena Altamirano

Argentina

María Elena Altamirano

Nacida 3 de febrero de 1966. vivo en Cosquín, provincia de Córdoba, República Argentina, empecé a escribir a los 14 años.

En 2001 obtuve un diploma de reconocimiento en el concurso literario Juan Fillol realizado por la Sociedad Cordobesa de Escritores.

En 2014 participé en la Antología Literaria Internacional de Cuento y Poesía Sueños & Secretos, siendo ésta la primera vez que mis trabajos aparecían en un libro.

En 2015 obtuve un diploma por la participación en un concurso de poesía en la página de Facebook "Destellos de Versos Libres".
Desde entonces he sido parte de varias antologías.

En 2016 vio la luz mi libro de cuentos infanto juveniles "Los Fantásticos Cuentos de la Abuela -poniéndoles alas a la imaginación" que fue declarado de Interés Municipal en la Ciudad de Cosquín y del cual ya salió la segunda edición. En 2017 fue seleccionado por la Legislatura de Córdoba.

Hoy, además de participar en diversas antologías, estoy trabajando en lo que será "Los Fantásticos Cuentos de la Abuela II-Te Cuento Mis Cuentos" que en algún momento será editado.

LA DAMA DE NEGRO Y EL OTOÑO

El otoño había llegado, con sus amaneceres fríos, sus mediodías cálidos y sus atardeceres muy frescos… y tristes.

Él era un joven de 25 años, morocho de mediana estatura, su bisabuela siempre decía que era el bisnieto más "buenmozo" que tenía, él nunca le creyó del todo, pensaba que tal vez era demasiado cariño por parte de la anciana. A él, el otoño, que para otros era una maravillosa estación, siempre le pareció triste y lo ponía melancólico, más aún en momentos como los que estaba viviendo desde hacía algún tiempo.

Cuando se separó de su pareja unos meses atrás, se fue a vivir son su madre y hermanos, la casa no era grande y decidió quedarse en la piecita del fondo hasta tanto vea que hacer con su vida. Su bisabuela quería que se mudara con ella a la casona de las afueras de la ciudad, pero ese lugar le quedaba lejos para todo y debía pensarlo bien antes de decidir qué hacer.

Cada día le gustaba menos el trabajo que tenía para ganarse el sustento, por lo que pensaba seriamente en dedicarse a otra cosa, el gran dilema era a qué, no podía darse el lujo de tomarse un tiempo para pensar porque a fin de cada mes tenía que tener el dinero de la cuota alimentaria para su hijita, si no…, si no, no la podría ver hasta que normalice la situación y además debería soportar la lluvia de reproches que le caerían de todos lados, en especial de la madre de la pequeña.

Sumado a esto, esa extraña mujer que lo perseguía, casi en todos lados, en especial todas las noches y particularmente cuando estaba solo, era tan bella, tan misteriosa…, tenía un cuerpo encantador, terriblemente sexy, pero en el fondo intuía que no tenía buenas intenciones, que no era buena; debía escaparse de ella. La mujer vestía siempre de negro, con ropa ajustada al cuerpo que dejaba ver con claridad su silueta curvilínea, casi perfecta. La cabellera negra le caía en cascada sobre los hombros, cubría su espalda y terminaba allí, cerquita de las caderas. Su rostro era hermoso, aunque de tez demasiado blanca, pero esos carnosos labios rojos y su mirada penetrante lo turbaban y terminaba a veces sin saber exactamente como era su rostro, lo olvidaba. Había comenzado a verla a fines de marzo, él pensaba, para ponerle algo de humor al asunto, que tal vez era un regalo del otoño para sacarlo de la depresiva monotonía en que la misma estación lo sumergía cada vez que llegaba.

Comenzó a verla un día, de repente en plena calle, luego en su ventana, pero cierta noche, mientras la soñaba despertó y la encontró merodeando su cama, mirándolo, contorneando su figura al trasluz, pero sin tocarlo ni hablarle, sólo lo miraba fijamente. Él quedó extasiado, mudo, inmóvil, temeroso, incrédulo de lo que veía, cerró sus ojos por unos segundos y cuando los volvió abrir, no encontró a nadie. No quiso pensar que tal vez estaba algo loco.

Así pasaron unos meses y la visita de esta misteriosa mujer no lo dejaba en paz, hasta se animó a hablarle, pero nunca obtuvo respuesta por parte de ella. Muchas veces se llevó a su hijita a dormir con él, era entonces cuando la dama de negro no aparecía, lo más cerca que la vio estando con la niña fue, en un frío y gris atardecer, a través del vidrio de un ventanal. La vio a lo lejos entre los árboles de la plaza haciendo jugar sus pies con el cúmulo de hojas secas que con el firme propósito de volar se habían desprendido de las ramas y terminaron en el piso. Él nunca comento nada sobre el tema a sus familiares ni amigos, sabía que la situación era insólita y temía que no le creyeran o pensaran que desvariaba.

Los acontecimientos tristes en su vida se precipitaban sobre sus espaldas sin descanso, la madre de su hija decidió irse a vivir a otra ciudad, por lo que la única forma de ver a la niña sería un ratito cada vez que las visitaba con la excusa de entregarle el dinero de la manutención de la pequeña. Cada día se tornaba todo más difícil….Le estaba resultando muy difícil la vida.

Pero ella, la dama vestida de negro, jamás desaparecía, no lo abandonaba. Para intentar escaparse, dejar de verla, decidió mudarse, se fue a vivir a la casa de su bisabuela, la anciana, contenta, le designó el más amplio de los tres dormitorios que tenía la antigua casona. Era una habitación fresca, con olor a limpio, amoblada especialmente para él. Una pequeña ventana daba al parque que, el otoño, había cambiado sus tonos verdes por ocres y rojizos, y por donde podía ver la puesta del sol como la caída de una radiante moneda de oro en el horizonte. Igual que toda la casa, la habitación tenía paredes gruesas de adobe prolijamente pintadas y un techo muy alto a dos aguas, por donde pasaba un gran tronco que era el tirante, el cual ayudado por otros palos más pequeños, lo sostenían. La casa era muy antigua, aunque bastante bien conservada. Cuando el joven se instaló se sintió cómodo, además de bien atendido por su bisabuela que estaba feliz ya que dejaría de estar sola en esa casona tan grande y alejada del centro de la ciudad.

Al cabo de unas semanas, cierta noche mientras dormía, el joven se sobresaltó, sentía que alguien estaba observándolo, cuando abrió los ojos, se dio cuenta que las primeras luces del alba estaban llegando, sintió frío y también la vio a ella que sensualmente recorría de lado a lado los pies de su cama, con los labios entreabiertos y observándolo, con una miraba que dejaba adivinar que quería hacerlo suyo, pero no lo tocó, ni se le acercó más, y él…, él la veía hermosa, apetecible con ese vestido negro, largo, bien ajustado al cuerpo, pero le temía y se quedó inmóvil, se tapó con las frazadas hasta la cabeza, hasta que ella se fue.

A la noche siguiente, no encontró a la extraña mujer cerca de su cama, se quedó tranquilo, acostado boca arriba, con los ojos cerrados, había sido un día difícil; se dormitó. Al rato, abrió los ojos y la vio trepada cual gata en celo sobre el tirante de la habitación, la cabellera negra colgaba displicente emanando un perfume embriagador y el enterizo de lycra negro y ajustado que traía puesto dejaba ver más que nunca sus curvas y encantos femeninos, lo miraba y desde allí arriba lo llamó una y otra vez, no emitió sonido alguno pero su dedo índice, que, al igual que todos, tenía largas uñas pintadas de negro, lo señalaba a él y lo retraía hacia ella de manera constante, tanto así que nació en él la necesidad imperiosa de ir con ella, de tocarla, de abrazarla, de hacerla suya sucumbiendo a sus encantos. Ella seguía allá arriba, indicándole que subiera. Desesperadamente quitó una sábana de su cama y la cortó en tiras, ya no pensaba más en nada, sólo en estar con ella, con esa mujer que lo había perseguido tanto hasta que lo conquistó por completo. Nada más importaba, tenía que llegar a ella, entrelazó las tiras de las sábanas para ponerlas resistentes como unas cuerdas y cuando estuvieron listas, con la ayuda de ella, las enlazó en el tirante, y con habilidad circense, trepó hasta llegar al tirante abandonándose en los brazos de esa hermosa mujer que lo estaba volviendo loco, ambos se enredaron en la cuerda, entregados uno al otro, y él sintió alivio y por un instante le pareció ser feliz habiéndose perdido en el tiempo y el espacio, estaba en brazos de su amada, quien le acomodó bien las tiras de la sábana alrededor del cuello, para tirarse de allí, salir de ese lugar y quedarse juntos para siempre. Felices ambos saltaron desde el tirante...

Al día siguiente, la anciana dueña de casa, preocupada porque no había escuchado ruidos por la mañana y pensando que tal vez su bisnieto se durmió y no fue al trabajo, llama a la puerta de la habitación, como nadie responde, entra y se encuentra con un panorama desgarrador, el cuerpo del muchacho está colgando del tirante con la sábana por soga atada a su cuello.

Si, ella, la Parca, la sensual mujer de negro, lo había conquistado y se lo había llevado para siempre, igual que el viento a las hojas secas. Era 21 de Junio, el otoño también se había marchado...

FIN

ENTRE LUCES Y SOMBRAS

Entre luces y sombras
yo voy viajando
y mientras te recuerdo
voy olvidando.

Añoro tu sonrisa
que era tan mía,
la misma se tornó
esquiva y fría.

Tu mirada iluminaba
todos mis días.
Hoy la busco en el recuerdo,
que me dé vida.

Mientras el tiempo tirano
sigue pasando,
tras tu paso camino,
te voy buscando.

Olvido que no estás,
que te has marchado
y la nostalgia te trae
aquí a mi lado.

El perfume de las flores
ya no es el mismo,
lo llevaste contigo
cuando te has ido.

El sabor de lo dulce,

me sabe amargo.
El desconsuelo no cesa,
me está matando.

Unas luces me alumbran,
me inyectan vida
y las sombras me llevan
con tus caricias.

Entre luces y sombras
voy divagando,
esperando que llegue
lo inesperado.

EN SUSPENSO

La tarde está cayendo,
el sol no está contento
y hay varios corazones
que, yo sé, están sufriendo.

Despedidas prematuras,
las reglas están rompiendo,
las preguntas sin respuestas
el alma están hiriendo.

El aire ya no es el mismo,
el vacío es inmenso,
las lágrimas no dan abasto,
el dolor es muy intenso.

No hay nada que sea igual,
se rasga el alma en el cuerpo
y el corazón hecho añicos,
late apenas, descontento.

Y al viento, triste también,
le duele el dolor ajeno,
es que no logra entender
cómo se supera ese duelo.

La vida sigue dirán…,
cómo seguir después de esto?,
cómo remendar las heridas
que dejan todo en suspenso.

Nora Cruz

Puerto Rico

NORA CRUZ ROQUE

Nace en Guayama el 19 de febrero del 1947. Posee tres grados: Bachillerato en Educación, Grado de Maestría en Investigación y Gestión Cultural de la Universidad de Puerto Rico, Recinto de Río Piedras y Doctorado en Honoris Causa por la Honorable Academia de Educación.

Durante cerca de cuarenta años ha consagrado su vida a la educación de niños, jóvenes y adultos en la formación de grupos en las artes teatrales, los bailes folclóricos y la declamación de poemas negristas. Trabajó en pueblos del Sur de Puerto Rico (Arroyo y Guayama). Al retirarse del sistema continuó su labor educativa y cultural en casi todos los colegios privados de Guayama y en San Juan. Continuó con su trayectoria a nivel internacional con los intercambios culturales en República Dominicana compartiendo con Venezuela, Colombia, Perú, Cuba y Haití.

Con el asesoramiento, talleres y otras ayudas de profesores como el novelista y dramaturgo William Mejía, de República Dominicana y del profesor Mónico Bata de Venezuela, comenzó a revisar sus trabajos y hoy día cuenta con las siguientes publicaciones bajo el sello del Colectivo Editorial Liga de Poetas del Sur:

Poemarios
"Gritos silentes de mi Patria y de mi Pueblo" (2016)
"A la luz de las tinieblas" (2002)
"Verso y tambó" (2008)
"Amaneceres a luz de tus ojos, Vieques liberada" (2012)

Libros de Cuentos infantiles escritos en la década del 90
Marimar la olita aventurera,
El lechoncito majadero

Lilí la muñeca de trapo)

Una antología de cuentos *(¡Diache!Entretelas del Viejo cajón)* (2013)
Una trilogía de novela corta, cuento y poesía *("En busca de la mentirosa verdad")* (2013)
Dos libros de piezas teatrales publicados en el 2016
¡Pa' los teatreros!
"Desmontajes"
Un libro de recuento de festivales en Azua de Compostela: *"Desde el corazón de una puertorriqueña" (2010)*

Ha recibido innumerables reconocimientos por su trabajo como educadora, líder cívica y folclorista. En el 2000 fue reconocida por el Senado de la República Dominicana como "Mujer de la Cultura" y ya en el 1995 había recibido el galardón de Maestra de Excelencia por el Distrito Escolar de Guayama. Fue escogida como líder cultural para representar al pueblo de Guayama en la Parada Puertorriqueña en Nueva York del 2012 y la Universidad de Puerto Rico, Facultad de Humanidades, le otorgó el Premio a la gestión comunitaria y cultural (2014) entre otros.

En el 2009 decidió crear un movimiento literario en los pueblos del Sur conocido como La Liga de Poetas del Sur. Este movimiento conocido ya a nivel internacional, reúne a los poetas de esta nueva era. En el 2017 logró su sueño de adquir el espacio cultural que se conoce como la Casa del Poeta Luis Palés Matos, sede de la Liga de Poetas del Sur.

Con sus grupos activos presenta su recital "Verso y Tambó" en el que declama sus poemas negristas y baila al ritmo de la bomba. En septiembre del 2010 organizó y realizó el Tercer festival del Folclore, Teatro y la Poesía con sede en Guayama donde recibió artistas de Santiago, Azua, (Rep. Dom.), Perú, Venezuela y

Colombia. Es la creadora del festival literario Explosión Literaria en el Sur donde se dan cita escritores de toda la isla para compartir y exponer sus trabajos.

Nora Cruz Roque (Solangedar) es una mujer que disfruta sirviendo a su pueblo y a su país.

BIPOLARIDAD

¡Callen malditos!
 ¡Malditos callen!
¿Acaso no saben que estoy aquí?
¡Malditos, que se queden sin habla!
¡Callen para yo poder hablar!
¡Callen malditos!
 ¡He dicho que callen!
Sus voces expelen desorden
Las mías... paz

Es terrible lo que el alma sin freno puede pensar
Deseos de muerte, venganza, silencio total
¿Por qué si Belleza existe, Fealdad se apodera?
¿Por qué si Paz vive, hay desordenada condena?

¿En qué laberinto me han escondido?
¿Cuántos años tengo que esperar?
¿Dónde está la nueva senda la que encontré en invierno lunar?
Aquella senda la llamé Libertad
La creía segura, ahora es fugaz
Siento desatino a mi persona
Fui libre para doblegar
Renegar no debo del inocente
Por ellos vivo y muero también
¡Calla loca! ¡Deja que los demonios griten sin parar!
Así quedarán mudos y no volverán a gritar

Veré realizada mi venganza
Y moriré saboreando en paz

LAMENTO SUREÑO

¡Cómo están las cosas en los interiores humanos!
¡Cómo se sienten las palpitaciones de los corazones dormidos!
Hoy que el sol radiante nos dijo que existe,
ni siquiera le dimos las gracias
Ahora que va culminando la noche
La piel pegajosa por el extravío esparcido
Quedo yo en una calma medicinal
Que aleja todo pensamiento
Que lleva al no importa nada
¡Mentira! La conciencia sin dormir me grita
que la nación sufre del insomnio de las almas palesianas
con alucinaciones de colores, de puestos y pedazos de dinero
robado
El sur no despierta aunque ya mi grito me dañó mis cuerdas
vocales
¡Cómo están las cosas en los interiores humanos!
Mi corazón palpita en un grito aledaño
Mi ser despierta de la modorra de antaño
Para seguir gritando aunque no pueda salir la voz
que la faena seguiré realizando

En el Sur, el que se acaricia con el Mar Caribe
En los rincones de cada pueblo sureño,
Y otros tantos que deseen unirse
Por ti, por mí, por nosotros dos
En danza de sueños quebrados
El pueblo se levantará en canción de guerra pasiva
Gritando a viva voz que se cansó del abuso mal otorgado

ISLA- MUJER

¡Cómo te maltratan! ¡Cómo te lastiman!
¿Es acaso porque te creen débil, sumisa?
¡Cómo te maltratan! ¡Cómo te lastiman!
¡Responde! ¡Protesta! ¡Grita!
¿Qué pasa contigo Mujer-Isla?

Desgarran tus colinas
Tu verde se marchita
Y tú no dices nada mientras te hacen trizas
¡Cómo te maltratan! ¡Cómo te lastiman!
_Es por el bien del futuro de nuestro país,
dicen los que solo ven dinero y porvenir
¡Qué dinero! ¡Qué porvenir!
Te siguen rompiendo, desgarrando
Y no escuchan tu gemir

Un día alguien gritó: ¡Coño despierta boricua!
Yo digo: ¡Defiende tu suelo, es tu Madre-Patria!
La mía también
Basta ya de atropellos, no la hagan sufrir
Dejen su verde tranquilo
Dejen su color tierra nacer
Es mi Patria
Es mi suelo
Es donde pude nacer
Donde quiero que otros nazcan

Y sean abrigados por esta Tierra-Madre
Por esta Isla-Mujer

¿DE QUÉ COLOR SON TUS OJOS MI NEGRO?

¿De qué color son tus ojos mi negro?
¿De qué color miran mi raza?
¿De qué color suspiran las historias de antepasados
 trazadas?

Tus ojos tienen embrujo de santería blanca
Miran comiendo entrañas, cierran y parpadean flamas
Tus ojos lloran con el recuerdo dolido y la risa dormida

¿De qué color son tus ojos mi negro?
Tienen un azul verde mar que bordea historias pasadas
En sus adentros se desparrama un color tierra que me habla de
África
Cuando lloran, el verde se torna en azul de cielo y mar
Cuando ríes la esmeralda de tus ojos respira aroma de sal

¿De qué color son tus ojos mi negro?
Tus ojos chispotean colores de mezcla de raza
No dejan de ser ojos de negro
Son ojos de cultura híbrida aceptada

Tus ojos… tus ojos me cuentan historias que siempre soñaba
Tus ojos me cuentan soledades compartidas de generaciones
pasadas
Tus ojos marcan una nueva historia en mi vida cotidiana
Tus ojos reflejan lo caribeño de mi orgullosa raza

¿De qué color son tus ojos mi negro?
Del color de tu mirada
Miradas que dicen mucho y que no me dicen nada
Miradas que agobian un presente dentro de un futuro que arrasa

Miradas de miedo y de angustia por no demuestran lo que hay en tu
alma

Tus ojos mi negro… son ojos de lontananza, son ojos de cercanía
Son ojos de madrugada
De un despedir a las dos de la mañana
 Tus ojos cierran los míos en mis soledades de madrugada

Contemplo, observo los ojos de tu miradas
Hay color
Hay tristeza, hay esperanza
Hay sonar de tambores, hay sonar de almas desamparadas
Hay rezo de santos
Hay un hilo e melancolía
Que siempre acompaña tu mirada

¿De qué color son tus ojos mi negro?
Son… del color del encuentro de nuestras miradas

EL DIARIO QUE ROBÉ

Paseaba por uno de estos pasillos desiertos de la universidad en un sábado. Aburrida de ver lo mismo y en el mismo lugar; el mismo chico de siempre, sentado en el mismo banco y la máquina con los mismos dulces.

Decidí sentarme en el área verde para encontrar algo que hacer, ya había estudiado para la clase, ¿Qué más? Contemplé el mural en honor a, Antonia Martínez, la chica que mató el policía cuando las protestas del en la Universidad de Puerto Rico. Mi mente se fue en un viaje; el disparo, los gritos, la injusticia de aquel asesinato, el de los chicos del Cerro Maravilla, el de Filiberto Ojeda, el del nene Lorenzo, el de la esposa del abogado que encontraron apuñalada...sucesos tristes que han ocurrido en mi país. Retorcí mi cuello tratando de quitar todas esas figuras ensangrentadas que surgían en mi mente en contraste con aquel espacio de quietud.

La yerba estaba ricamente húmeda lo que producía un bienestar plácido que calmaba mi ser. Me sentí bien y me recosté en el árbol escogido, busqué en mi bulto el celular para leer un poco. Al mover mi mano, sentí el otro objeto, busqué, estaba en un boquete de raíces...un libro. Lo abrí curiosa, al fin contenta de encontrar algo distinto que hacer. Un diario...fechas, poemas, notas, muchos apuntes, más poemas, leí el final...

Cerré el diario y miré hacia todos lados, ¿Cómo dejaron aquello allí? ¿Sería a propósito o fue que se le cayó a la persona y ésta no se dio cuenta? Volví a abrirlo y leí aquel final, miré a Antonia y recordé a tantos otros. Me sentí ladrona, pero no había nadie alrededor, todo vacío. Me levanté y cotejé el celular, faltaba una hora, el chico de los sábados seguía allí y esta vez hablaba con alguien por teléfono. Me fui al hospedaje y leí.

La chica lo conoció como parte de un encuentro de ambientalistas, ella defensora del ambiente y él, con una mente de negociante en donde lo que interesaba eran los millones que se pudieran sacar de la construcción de un resort. El ambiente no contaba, el arquitecto a quien se alude, estaba en una etapa de desesperación ya que cerca de un año había sido demandado porque el negocio de la construcción de un complejo turístico en el área de Piñones (sector playero al norte de Puerto Rico), había fracasado. Unas inundaciones en toda la isla ocasionaron que parte de la construcción no se continuara y los que aportaron dinero demandaron al fulano arquitecto.

El encuentro fue casual, ella entregaba hojas sueltas e información sobre la organización ambiental a la que pertenecía y dialogaron, o más bien él se interesó en conocer más sobre los lugares en el sector conocido como el Bajo de Patillas. Ella muy entusiasmada se comprometió a llevarlo a conocer las hermosuras del sur. La "amistad" fue tomando un curso ambientalista mezclado con una relación sentimental en donde aquel hombre que podía ser su padre le comentaba sobre sus proyectos, su familia y sobre todo su deseo de salir de aquella situación económica en la que estaba. Siendo un hombre de familia acomodada, con una esposa abogada, no podía aceptar estar en la ruina.
Llegó a comentarle sobre ciertos proyectos en los que contaría con la ayuda de varios "negociantes" que aportarían cuantiosas cantidades para el desarrollo de tales proyectos, pero sin muchos detalles.

Las salidas se hicieron más frecuentes, ya no se hablaba tanto de las luchas en pro del ambiente sino que el ambiente se convirtió en su propia vida. La joven universitaria se internó en un mundo amoroso donde la fusión entre ella y su arquitecto se convirtió en una aventura. Ella le enseñó cómo llegar a lugares insospechados llenos de hermosura ambiental, donde se recreaban no solo en gozarse de la naturaleza sino en compartirla amorosamente. Se sentían únicos en el universo, pasaban desapercibidos entre los que le rodeaban, lo que hacía cada vez más frecuente los encuentros "ambientalistas".

El arquitecto seguía trabajando en su proyecto ambicioso y ya tenía en su poder mucho dinero el que iba a invertir en el nuevo resort en el sur.

Dejó de comentarle sobre sus planes, no pensaba retroceder ante aquel ambicioso proyecto. Ella no iba a aplaudir tal idea, así que mejor que se enterara después.

Pasaron los meses, la ruta hacia el Lago de Patillas era la agenda del día. La joven había conseguido una casita de playa que pertenecía a un anciano pescador muy amigo de ella. Esta casa se usaba para reunir a la familia en los veranos. En los días de encuentro, pasaban todo el día y en la noche el regresaban a la zona metropolitana.

Ese día salieron más temprano pues él tendría una reunión con los inversionistas del proyecto. La joven universitaria estaba en silencio durante todo el camino. Él lo notó pero no quiso preguntarte nada. Una vez llegados al sitio ella le cuestionó que si era verdad que él iba a trabajar un proyecto turístico en el Bajo de Patillas. El arquitecto le preguntó que cómo se había enterado, a lo que ella respondió con mucho coraje que ya el grupo ambientalista lo sabía y se preparaba para utilizar todas las estrategias de lucha que fueran necesarias para evitar tal proyecto.

El arquitecto le respondió con tono dominante que ninguno podría hacer nada porque los ricos eran los que tenían el poder. La cara de espanto, de sorpresa, de confusión plasmó un sentimiento de dolor en la joven. No podía entender que su amado fuera aquella persona que le hablaba en aquel momento. Por meses ella había creído que él. Siempre había pensado que él también estaba en la defensa del ambiente y que en su pensamiento jamás podría tejerse un proyecto como el que pretendía crear. ¡Dañaría todos los acuíferos, la pesca y los pescadores, todo se verían afectados!

Con inmenso dolor le dijo que tenía que cuidarse, que entre las personas había pescadores que ya estaban cansados de tanto abuso y que podían cometer cualquier fechoría contra personas o maquinarias con miras a detener el proyecto.

Abrazándola le dijo que no se preocupara que nada iba a pasar y que el trataría de que el ambiente no se dañara, Regresaron a San Juan en silencio. Le explicó en el camino que el hablaría con los inversionistas para ver qué cambios se podrían realizar, pero que tenía que hacerlo con mucha cautela pues estas personas una vez que daban dinero se tornaban en individuos dominantes que exigían el doble de lo que daban. La joven no comentó nada, en silencio, total silencio. Ella regresó a su apartamento y él a su reunión con los grandes del dinero.

Esa noche la joven tuvo pesadillas. Soñaba que subía por la cuesta hacia el faro cuando de pronto una fuerza enorme la tomaba por los pies y la arrastraba hacia la orilla del acantilado. La fuerza era tan descomunal que no se atrevía a voltear para ver que era, sentía miedo, y se aferraba a la tierra, tratando de no caer. La fuerza seguía, su corazón comenzó a doler, más bien a arder, no podía abrir la boca para pedir ayuda, no se atrevía a abrir los ojos, porque presentía que aquello era horrible. Con sus ojos cerrados veía caras, algunas conocidas, los pescadores, gente encapuchada, de donde salía mucho dinero. Logró zafarse. Un brazo se extendió para agarrarla, el arquitecto estaba allí sonriéndole. Trató de abrir los ojos, gritar, solo daba cortos gemidos y no despertaba. Si abría los ojos moriría porque lo que representaba la fuerza estaba allí, en la habitación. Trató entonces de buscar el rostro del amado y solo vio el reflejo de una sombra, un golpe fuerte, seco, su amado la soltó y cayó al vacío. Gritó con todas sus fuerzas y quedó despierta, sudorosa, con dolor en el pecho y en su brazo. Miró sus manos vio las marcas en ellas, sintió pánico. ¿Había sido un sueño? ¿Era algo tan doloroso que no pudiera recordar? Llamó a su amado... Nadie contestó.

Flor Cruz María Loor Ganchozo

Ecuador

Flor Cruz María Loor Ganchozo

Abogada de profesión, de origen manabita, Ecuatoriana buenafesina por excelencia, mi formación académica la realice en la Escuela Francisco Pacheco, la Secundaria en el Colegio de Srtas. Uruguay de Portoviejo, y en la Universidad Técnica de Babahoyo alcanzando dos títulos.

Actualmente soy Presidenta de la: Casa de la Cultura Ecuatoriana Benjamín Carrión Sede Buena Fe, Embajadora De AIPEH Capitulo Ecuador, Vicepresidente Mundial Colegiada de la Unión Hispanomundial de Escritores (UHE), Presidenta Cámara de Comercio del Cantón Buena Fe, Past Presidenta Club Rotario Quevedo 7 de Octubre, Actual Asistente de Gobernación Club Rotary international (Capitulo Quevedo)

Comparto mi actividad empresarial con el servicio social comunitario, vocación que herede de mis Padres y en alianza con las instituciones las cuales manejo he realizados proyectos como: Lanzamiento de libros, Apoyó sustentables en manifestaciones culturales, como exposiciones pictóricas, cursos de ballet y danza, recitales poéticos, homenajes como a Julio Jaramillo, día del pasillo ecuatoriano, Talleres de teatro, declamación, además hice alianzas con maestros extranjeros para fortalecer el arte desde otras perspectivas más universales, además en cursos de musicalización y canto con instituciones académicas privadas, aparte de auspiciar seminarios, capacitaciones y entre otras actividades que tienen carácter cultural y Educativo.

LOGRO DESTACADO

- **2016. REMIO MUNDIAL A LA EXCELENCIA CÍVICA**, en el II Congreso Mundial de Escritores "Miguel de Cervantes" Orlando Florida.
-

- **2016. SEMBRADORA DE PAZ** (Aipeh)

- **2016.** AUTORA DEL LIBRO DE POEMARIO "**COMO VUELO DE GOLONDRINAS**" COMPILACIÓN DE POEMAS PUBLICADA EN 2016, IEPI GYE-007028, ISBN: 978-9942-21-900-8

- **2015. RECONOCIMIENTO AL MÉRITO CULTURAL** (GAB MUNICIPAL DEL CANTÓN BUENA FE)

- **2013. MERITO CÍVICO** (GAB MUNICIPAL DE BUENA FE)

- **PREMIO EXCELENCIA ROTARIA** (ROTARY INTERNACIONAL DISTRITO 4400 ZONA 23)

- **2012. PREMIO LA MUJER DEL AÑO** (CASA DE LA CULTURA SEDE DE QUEVEDO)

- **2012. ME HICIERON LA ENTREGA DE LAS LLAVES DEL CANTÓN SUCRE- MANABI EN CALIDAD DE HUÉSPED ILUSTRE**

- **2011. MERITO BUEN COMERCIANTE** (CAMARA DE COMERCIO. PRESIDENCIA ALBERTO SANTANA MONTOYA)

- **20010. PREMIO EMBELLECIMIENTO Y AL ORNATO DEL CANTÓN BUENA FE**

- **2009. PREMIO MUJER DEL AÑO** DIARIO EL CLARÍN

- **2007. CONDECORACIÓN COMO "MEJOR ALUMNA"** (FEUE)

- **2005. PREMIO** (*FIPRESC*) IGESIA SAN FRANCISCO DE BUENA FE

- **2004. MENCIÓN DE HONOR** (JUNTA PARROQUIAL DE PATRICIA PILAR)

GOLONDRINA, GOLONDRINAS MÍAS

Sí, veo direccionando al cielo tu pico
sé que quieres alejarte de mi
lo presiento golondrina mía
presiento, puedo admitir
admitir que hoy te alejas de mí.

No, no te culpo si hoy emigras
nuevamente golondrina
pues sé que tus ojitos angustiosos
hoy me miran con el aleteo último
y me envuelves en un abrazo,
abrazo que susurra un adiós.

Tú que gestas de armonía
cuando en noches estrelladas
eres testigo de los enamorados, del transeúnte
de la vecina, del estudiante, del betunero y del jardinero
cuando las noches son frías
calientes y estimulas a parejas distanciadas
amores que sin tu presencia se desvanecerían.

Leve, leve prepara tus alas
mi golondrina de mágico vuelo
lleva contigo, en tu corto piquito
escritos, escritos y secretitos de
aquellas noches ruidosas,
cohetes, petardos que afligían y alborotaban
así las veíamos en nuestra morada
recuerdos guardados para la luna y las estrellas
yo sé que mirarlas te gustaba
y con tus hermanos disfrutabas.

Leve, leve elevas tus alas
alas de mágico vuelo, vuelo que acepto
debo resignarme en dejar volar
te dejo partir en tu vuelo infinito
y esperaré tu regresar
testigo es la ventana que a tu canto estaré atenta
no demores, no dejes mi cabello blanquear
golondrina buenafesina, Gabrielita mía.

INTERROGATORIO A MI MADRE

Te pregunto madre mía
si el amor al trabajo tiene un nombre
a más del que llaman los entendidos;
madre mía entonces dime, dime
por qué me dicen en mi hogar adicta?

Madre Elinita cuéntame
y por un momentito divúlgame,
baja del cielo y en secretito dime
qué encanto pusiste al engendrarme?
cuanto amor y entrega de pasión pusiste
mezclando trabajo e idilio y yo tú anhelo que naciera.

No dudo madre ya no dudo, un solo instante
con la armonía que persistentemente me tuviste
hiciste como llevar a cabo
mi crecimiento en tu esplendoroso vientre;
sé que buscabas un hombrecito, pero resulté ser una flor más en tu
jardín
con tu entrega amorosa me diste amor con tu sencillez acuñaste en
mi ADN
la vocación del servicio.

Sin egoísmo cual abeja cuida la miel de su panal
pusiste lo candente de tu sangre combinada
como la silicona audacia del cóndor,
cíclica como vuelo de golondrinas,
frágil delicada como la flor
tu música cual calandria eternamente cantando enamorada.

En los cañaverales....
en mi tibio amanecer....
en la flor que se despierta
en la música de los pájaros
en el dormir de las golondrinas....yo saboreo la vida¡¡
en la sonrisa de los niños....en la luna tranquila
en los ríos bailarines yo entiendo la vida¡¡¡
yo me atrevo a seguir....a levantarme mil veces ....
yo me atrevo amar más la vida¡¡¡
por las palabras simples....por el abrazo fuerte
por los que me quieren y yo quiero tanto....por eso vivo¡¡
por tanto y tanto¡¡
yo amo la vida....

Hay un lugar debajo de un árbol,
donde hablaras de las cosas que a nadie le cuentas,
mientras te acaricia la brisa fresca,
Hay un sitio cerca de la luna,
para suspirar por ese amor sin que nadie te descubra
mientras una estrella te alumbra,
Hay un lugar cerca del mar,
en el que quizá llorarás,
por esas tristezas que a veces suelen llegar,
mientras el sol te abrazará,
Hay un lugar cuando piensas que nada hay,
cuando quieras cantar,
cuando necesites un consuelo para llorar,
¡Claro que hay¡
en ese silencio,
hay un abrazo inmenso, un beso eterno,
un te quiero que te estremece
un lugar ....DONDE DIOS TE ABRAZA..Y TE CUENTA UN
CUENTO....

CUANDO ESTOY CONTIGO...

No sé si soy la misma,
tengo la sonrisa del arco iris,
tengo el brillo de todas las estrellas en mis ojos,
tengo la fuerza del mar
cuando te beso...

Cuando estoy contigo
no me queda nada en el alma
¡nada¡...te lo entrego todo,
me guardo tu sabor,
tu aliento,
tu débil recuerdo
y en las auroras alegres
te revivo, te recorro, te encuentro.....

¡Cuando estoy contigo!
soy lo que nunca fui
cuando estoy contigo...
solo soy feliz....

¡GUARDAME¡

en la calidez de tu ternura,
en la cajita de tus sueños,
en la ventana de tus esperanzas,
¡guárdame¡
no importa si una lágrima me busca en tu nostalgia,
si mi voz en el viento te acompaña,
si quieres escaparte una mañana,
a jugar con mis recuerdos ...a perderte en mis miradas...

¡GUARDAME¡
en esa paz de tu alma,
¡¡no dejes por favor que nada me borre¡¡
que nada me arranque¡¡
¡¡yo quiero estar!. Solo guárdame!!.
por si llega la soledad,
¡guárdame!...un día me puedes necesitar....

PARA MI ÁNGEL DEL CIELO .... GABRIELITA

Quería llenar mis lágrimas
con tus historias.
Quería verte correr por los rincones
dejando las huellas de tus pies descalzos.
Quería ver tu primer diente,
tu primer travesura,
tu primera palabra.
Solo me dejaste recuerdos de tu mirada…

Sabes mi ángel?
tu risa me acompaña
he peinado tus muñecas
¡¡ ellas te esperan!!.
Tus hermanos dicen tu nombre
con tanta ternura y te imaginan en cada niña.
Tu padre, te llora en silencio
y jamás dice nada… él es de pocas palabras…
pero te extraña hijas mía.

Has venido con la brisa fresca tantas veces
y en el canto de la golondrinas amanecidas
Tocando mi ventana…
¡¡eres tan mía!!.

Mi amor por ti crece aunque estés ausente
mi amor por ti es infinito… es eterno
¡¡yo te beso mi niña!!.
Y le pido a Dios que me permita
Contemplarte aunque sea en mis sueños.

Daniel Rodriguez Herrera

España

Daniel Rodriguez Herrera

Nacido en Madrid el 16 de marzo de 1979, en el Hospital de la Paz, Daniel madrileño de nacimiento y ascendencia zamorano-murciana reside en la actualidad en Madrid, perteneciente a una familia obrera española. Su infancia transcurrió como la de todos los niños de su generación sin destacar grandes rasgos de su vida.

Estudió en Madrid en los siguientes centros: E.G.B en el Colegio Público "Pablo Sarasate" de Móstoles y más tarde lo haría en el Instituto "Manuela Malasaña", lugares en los que estudio hasta su mayoría de edad, comenzó a trabajar en diferentes sitios y empresas.

A los 21 años se emancipó dejando así el hogar paterno al que regresaría años más adelante en su vida. A la edad de 24 años tuvo a su primer hijo, alegría suya y de toda su familia pero esto solo sería el desencadenante de una enfermedad mental que a los 27 años hizo fuera jubilado por el tribunal médico.

Los siguientes años transcurrieron entra la enfermedad su separación y el regreso al hogar, momento en el que comienza a escribir no con la idea que publicar un libro si no como tratamiento para desahogar sus angustias y temores

A la edad de 33 años publicó su primer libro "Dos etapas de la vida" 2012 en el que este poeta nos abre su corazón y su vida así como sus primeros textos como escritor, en los cuales se puede ver tanto el perfeccionamiento de su escritura poética como su crecimiento personal. A mediados de este mismo año publicaría su segundo libro "Soñándote Amada Mía" en el que poéticamente describe la belleza de aquellas mujeres que le rodean, lo que ellas ve lo que ellas le inspiran con la mirada, en sus caras, sus cuerpo y su persona durante este periodo conoce a la que será el amor de su vida Rocío Maribel Martínez Gómez con la que comenzaría una relación. Trabajó en otro libro titulado "Negociando con la vida". A finales de 2012 llegaría su última obra "Viviendo el amor" en el que nos narra el amor las venturas y desventuras de un amor lejano. En 2013 Daniel nos sorprende: emprendería su etapa de empresario formando la sociedad limitada Darohe Lma S,L también conocida como darohe.net, para principios de 2014 se publicó de su nueva obra "deseos", a principios de este mismo año publicaría juntos con más escritores en el libro antología poética "La Noche Bohemia" El día 22 de mayo de 2014.Daniel publicaría su obra "Sintiéndonos". Su primera novela de narrativa poética que se llama "Entre tú y yo. Diario de una pareja" A principios del verano de 2015 recibiría un accésit en su participación en el "II certamen Integra2" de la fundación Integración y Solidaridad. El 31 de julio de 2015 publicaría su libro "Enamorado". El día 25 de octubre fue publicado en varias editoriales un nuevo libro titulado "Nací para amarte". El día 24 de febrero de 2016 sería publicada la obra "Caminos solidarios" volumen tercero antología poética en la que el autor participó con su obra "Destierro del hombre". El 29 de febrero se presentaría en Cosquín Argentina una antología poética con la participación del autor en El eco de las musas II. A lo largo del año 2016 Daniel recibió el título de socio de honor de la Casa de la Región de Murcia en Madrid. En este mismo año nos deleitó con tres nuevas obras escritas en muy poco tiempo "Pensando en ti", "De ti enamorado" y "Nací para amarte", suspiró en 2017. En junio de 2017 terminaría su relación con Rocío Maribel y nos dejaría su obra "Siempre te amaré", el 29 de julio de 2017 publicaría su obra "Suspiros que llegan al Alma". En septiembre de 2017 fundaría la editorial darohe editorial con el grupo nebhula. En este año 2017 se publicaría su cuarta antología poética "Cóctel Íntimo" para Argentina y México. Actualmente se encuentras trabajando en sus próximas obras.

AMOR A TI PROFESO

Yo amor a ti mujer profeso
solo tú eres mi sueño amado
en el corazón a fuego grabado
mis suspiros de puro deseo.

Sueño tu beso envenenando
buscando tu amor verdadero
tú la esposa que yo venero
de la que loco soy enamorado.

Mi alma solo por ti marcada
tu imagen en mi así grabada
pienso tu iluminada mirada.

A ti quiero cerca mujer amada
suspiro por ti sobre mi almohada
sin ti a mi lado, yo no soy nada.

ENAMORADO DE TI ESTÁ MI CORAZÓN

Fría la noche encaramelada,
de aquel que con el corazón ama,
llanto inhumano por su amada,
mortal herida que desgarra el alma.

Corazón desbordado de amor
nido creciente, intenso dolor,
fruto prohibido de pura pasión,
enamorado de ti, está mi corazón .

¿PORQUÉ TE EXTRAÑO?

¿Porqué te extraño?
tú eres lo soñado,
por ti he esperado,
al cielo he rogado,
rezos he pensado,
canto desesperado
al amor no llegado,
porque a ti amo.

AMOR PROHIBIDO

Suspiro cautivo
amor prohibido,
sueño escogido,
eres mi destino.

A TI YO QUIERO

A ti yo quiero,
por ti yo muero,
el juego perfecto…
el mejor trofeo,
amor verdadero.

SUSPIRO QUE ME LLEVA AL ALBA

Suspiro que me lleva al alba,
el aliento que a mí me falta,
recuerdo de quien a ti ama,
mi espíritu a ti te llama.
A esa, la mujer que el ama
la que le roba… le lleva el alma,
y el corazón que nunca calla
por ti encendida está la llama,
te llevo en mi mente grabada,
tú eres la mujer por mí soñada.

NOCHE DE SILENCIO

Noche de silencio,
por mi ángel caído.
a Cupido le pido,
cumpla ya el destino
nos muestre el camino
del amor prometido.
mi corazón herido
que ya hace ruido
por ese tu suspiro
de amor bendecido.

APRENDÍ A ADORARTE

Solo sé cantarte
aprendí a adorarte
me siento cobarde
mas no puedo buscarte.

Solo sé amarte
besarte, acariciarte,
nací para deleitarte
solo puedo quemarme.

DAME ESE AMOR

Mi poseía se vuelve oscura y negra
mi pesar en las manos solo es de llorar
ganas me dan de mi alma envenenar
al cielo una vez más vuelvo a orar
dame ese amor no me lo puedes negar.

TÚ SERÁS MI BESO APASIONADO

Te sueño del pasado
te invito al futuro
a ti con fuerza he amado
tú eras todo lo soñado.
Tú serás mi beso apasionado
aunque años hayan pasado
la vida no ha acabado
mi promesa no se ha culminado.

A TI CANTO POR ÚLTIMA VEZ

A ti te canto por última vez
al amor que fue y no supe retener
a ti te clamo por última vez
solo tú eres mi razón de ser.

Necesito valor para decirte adiós,
Tardará en apagarse la pasión
acortados de mi corazón sus latidos
el alma llorar desconsolada en gritos

El dolor embargó así mi cuerpo,
dejándome ido, suspirando, casi yerto
aquellas ideas de llevarte al huerto
solo dejan a un hombre medio muerto.

Luis Marín

España

Luís Ángel Marín Ibáñez, nacido en Zaragoza, en 1952, reside en La Palma desde 1987, Licenciado en Filosofía y Letras. Poeta muy original, al fundir la razón, el delirio y el ensueño en el poema, haciendo del instante y la imagen el epicentro del poema, en un soñar y no soñar a la vez…en una lucha entre el Ser y el No Ser. Tiene 13 poemarios publicados. Entre otros premios ha sido ganador del Premio "Platero" de la Organización de Naciones Unidas, Premio Instituto Cultural Latinoamericano de Argentina, Premio La Porte des Poétes de Paris, Premio Centro de Escritores Nacionales de Argentina, Lating Heritage Foundation de EE.UU., Certamen de poesía en castellano Tamariu, Premio Certamen Internacional de Poesía Lincoln-Marti de Miami, (Estados Unidos), finalista en Premio de la ciudad de Segovia y Villa de Madrid…etc. Su obra ha sido traducida al inglés, francés, italiano, rumano, portugués y chino. Integrante en varias antologías poéticas de la lengua española.

PADRENUESTRO

PADRENUESTRO
que creaste el monasterio del mar
dando a la Soledad un nuevo nombre.

Exaltada sea tu gracia
para que el Ser se llene de infinito
la materia se desdoble
y borde un mantel sobre la mesa.

Dadnos siempre
ese ensueño reposado
cubierto de silbos y esponsales
donde los silencios trenzan
el más regio de los manuscritos.

Perdona nuestras ofensas
por haber segado tus veletas
y llevado todos los caballos
al fondo del abismo.

Déjame arrodillarme
y pedir a tus hijos
y a los hijos de tus hijos
que la Razón haga de quicio
del Delirio ensangrentado.

Líbranos
de los guerreros invisibles
ocultos en el temblor de los espejos

y que tu voluntad derrote
a los encantadores de la Nada.

Y el hombre vuelva
a la desnudez del primer instante
a ese instante privilegiado
donde la Libertad era Luz
y la luz la liturgia de los astros.
AMEN

PERPETUUM MOVILE

Rehabilitemos al hombre
destruido por la fragua del temblor

sin palabras silenciosas
para que vuelva andar
por la ola invertida
donde los astros
proclaman el origen

al igual que un eco
de transparentes raíces
que borra el milagro
de la existencia

y aventemos el mármol
donde rugen las edades.

ÓPERA PRIMA

No era la luz lo inconcebible eran pedazos de muerte
transitando de orilla a orilla sobre un doble silencio.

Las transparencias forjaban la sensación de una aurora
equivocada y la ebriedad hacía de códice legislador.

El sosiego con sus frutos prisioneros
daba la sensación de una niebla verde
con impurezas heridas por el barro.

La Soledad tenía miedo de mirar a sus adentros
fría como el pan de medianoche
cuando el espanto repite la misma campanada.

Pero todo eso es relativo –Einstein lo dijo—,
y pensé que el cerebro humano había olvidado
el punto de partida, sin darse cuenta
que la Libertad es un ángel con las manos atadas.

BALADA DEL VIENTO Y LOS PAÑUELOS

"Verte desnuda en recordar la tierra,
la tierra lisa limpia de caballos"
Federico García Lorca

La belleza fue una cañada de signos algebraicos.
Detrás de mí mismo habita un campanario
el hueco preciso donde las cicatrices
se cubren de nieve y nada más resonante
que ese mar y las vigilias.

Su nombre recuerda un atabal clavado
en la garganta donde los ajuares huyen
de infinito en infinito con los brazos en cruz.

El nacimiento del Amor dio sentido a la primera
soledad y al éxtasis derrotado por el barro.

Juntos inventamos nuestro dios
la flor más profunda
que hace de la intimidad
el convento escrutado en la inocencia.

Ningún murmullo tiene el grafito
del primer beso ni multiplica las lunas
con la fuerza del puño de un boxeador.

Recogerse en su lienzo evoca
la desnudez de un mendigo a las puertas de Ítaca.

Y las lágrimas son verdes al igual
que un diamante cuando deja de ser
el campamento deshabitado.

CANTATA

Cuando el Silencio se hace Soledad
y la luz desviste sus pirámides
las verjas son el grito de la sangre

y

cada

nacimiento

se

oculta

en

la

estrella

donde las paredes rezuman
Las iluminaciones de Rimbaud
y el oro disecado de Walt Whitman.

Salmo a salmo, paso a paso

he hecho de la nostalgia lienzos para el ángel, incendiado el azar en cada uno de sus versos, abolido los idiomas, y descendido hasta lo más sagrado del suicidio.

Salmo a salmo, paso a paso

me convertí en un susurro de inocencia horadando la pesadilla del rayo y la floresta, la humedad fue mi perfume favorito y en los burdeles encontré la más regia transparencia, llegué a descifrar el feroz beso de los amantes, y la culpabilidad del ensueño cuando estos se descarnan en la sombra.

Salmo a salmo, paso a paso

las monedas del perdón dejaron de ser una corona de laurel, y la roca el aguafuerte en la mirada del Absoluto, negué la duda a los mercaderes de hombres, la existencia fue el bastón y el delirio la bebida en el desierto.

Salmo a salmo, paso a paso

me abracé a la inexistencia, a las arrugas del agua, a la llama de los picaportes, y al linaje del barro en los sepulcros.

Salmo

a

salmo

paso

a

paso

el

mar

fue

mi

prisionero.

POEMA

Madre. Enséñame
a llorar como un ángel,
quiero despertar el cielo
con mis lágrimas.

Soy un fragmento
de Muerte en el país
de las sombras. Mi lápiz
cae en la cuenca de tus besos.

Tu ciudad fue mi voz.
Hoy mi aliento murmura
libélulas. Siempre serás
mi amado naufragio.

RESIDENCIA EN LA TIERRA

Un hálito de viento
y tal vez ese cofre de Soledad
atrincherado en la infancia
no somos más.

Y aunque hay brazales
que nos buscan
la arquitectura del mar
hace de la desnudez
el disparo de los dioses.

Cuando los laberintos
nos ahogan
el séquito de la palabra
es el único caballo.

Respirar se convierte
en la lluvia dulce
del Ser,
y en el insomnio
donde las estrellas
nos persiguen.

GÉNESIS

La poesía está por llegar.
El hombre está por llegar.
Todo lo que se ha escrito está por llegar.

La luz golpea las sienes de los cuchillos
atormentada por respuestas sin nombre
en la cárcel donde duermen los aceites.

Desde la oquedad la pureza se persigna
con la fuerza de un relámpago invencible
cada aurora es una maja desnuda
la maja desnuda que cobija
el éxtasis de la primera noche del mundo.

Y la locura ese tio-vivo
que pregunta al oro cuanto dura la muerte
y donde arriba el mediodía
cuando los dioses cierran las compuertas.

La poesía está por llegar
no es suficiente la experiencia de los espejos
ni el ensueño sostenido entre las torres
el mar sólo es un instante
y el instante el designio quemado por la roca.

El hombre está por llegar
en el horizonte sólo habitan los caballos
el dolor ha perdido la razón
y apenas hay Tiempo ni Espacio
en el acueducto de las sierpes.

Todo lo que se ha escrito está por llegar
el viento gira sobre una página en blanco
la Memoria y el Olvido confunden las miradas

155

y todo absolutamente todo
es un Génesis con los brazos en cruz.

Fabián Irusta

Argentina

Fabián Irusta

Escribo poesías libres.
Pero suelo golpearme la cabeza cuando no puedo pensar.

Y soy un Poeta Mundano, que ha nacido en la casa de la
abuela materna, en días de diciembre,
hace como cincuenta y un años atrás.

Por supuesto, que amo escribir desde el equilibrio mismo
de la pluma y las palabras. Pero es en los espacios callados, cuando
construyo mi propio imperio de letras.

Me llamo Fabián Irusta y vivo en Villa Maza, Provincia de
Buenos Aires, Argentina
Trabajo como Maestro de Escuelas Primarias, oficio de
ensueños y realidades.

IMPRECISIÓN

L
o
s
labios
decretan ciertos impulsos,
sin importar la distancia con la mirada.

Del
mismo modo,
el dedo índice se convierte en un tono igualitario,
pero a lentitudes curvas.

Quizás,
sea como tu destino.

Un poco impreciso,
y otro tanto, arriesgándose al paisaje femenino.

¿Será
porque en el fondo de ti,
las huellas de la nada aroman desde el alma?

O simplemente,
dejas que el tinte rojizo manche la cara
sin miramiento.

No lo sé.

El
tiempo
será quien hilvane la constante
de tu universo.

Y
aunque
alcances el sur de los sueños,
despertarás a suspiros puntuados por el mismo aliento.

PÉTALOS VIVIENTES

E
r
e
s
el adagio de tu forma.

Y
eres
el flujo orientado
entre los pétalos vivientes y sonrientes.

Entonces.

Te
haces
a las emociones
y al universo que se oculta en la entrepierna
cuya insinuación
reluce.

Es por ello,
que me gustas entera, y sé que estás ahí,
sobre el convexo del tiempo.

Por consiguiente.

Deja
que exprima
el jugo de tus entrañas, hasta que las mías
hagan diapasón de sonidos.

De ese modo.

Podríamos
hacernos a las ecuaciones continuas,
y a la gracia pura de la noche cuando cante la desnudez.

METERSE AL CALOR

Hay
un instante
que parece dibujado por el palmo femenino,
a varias pulgadas del trazo
de la desnudez.

Pues exhalan vahos
y apuran las siluetas a principio de las sombras,
para luego friccionarse
en la medida
del
a
m
o
r.

Entonces.

Las emociones
pasan dentro, pero en dulces silencios, aunque deban solfear
entre el tacto, los suspiros,
y el tiempo.

Y después.

Los
pensamientos
que se escapan volando alrededor de la noche.

A veces.

A ciertas horas
en donde las entrañas libidinosas se echan a andar
por el camino sensual.

Y en otras.

C
u
a
n
d
o
la pasión
nace solamente por instinto,
en las orillas
lubricas
de
l
a
p
i
e
l.

TE HAS PUESTO A SENTIR

Te

pienso

a dos voces,

mientras la noche exhala sus vahos

por tus poros suspensivos.

Pero no deja marcas en la piel,

sino que enmarca mis entrañas cuales embebidas de vinos

embriagan los instantes.

No obstante.

Es

necesario percibir,

que los tréboles de las axilas florecen

evocando la sensualidad.

Y

a su vez.

Delinean

las orillas de los pechos redondos,

como parte del universo

natural.

Es por ello.

Que

te has puesto a sentir,

mientras que la belleza femenina se echa a despertar

ante las vibraciones del alma.

SILENCIOS EXPRESIVOS

L
a
luna,
no muy lejos de la noche
se ha fragmentado
sobre
la
p
i
e
l.

Pero son los cuerpos
quienes se abren a las urgencias del rocío,
sin que baste un cielo, para quedar impregnaos de estrellas y
penumbras.

Ojalá.

Que
las sensaciones de las entrañas,
fragüen su pasión, en un modo bien definido.

Porque
así actúa el verdadero amor.

Aunque lo hace,
cada vez que saborea a los silencios expresivos,
purificados y eternos.

EN SILENCIO

A
un
palmo del ombligo,
están las flores que suponen sensualidad
y tentación, aunque los pétalos
tengan su incógnita.

O el interrogante,
por no decir si estás o no estás desnudo.

En
definitiva
es tu ecuación, cual uno, simula huecos
entre los humedales
del alma.

O en cada poro suspensivo,
de la piel pulsando.

Aun así,
haces silencio, aunque las penumbras paralelan
sobre el evangelio de la silueta.

Entonces.

No
dices nada,
pero por dentro, te derrites por cada sonido
que produce la noche y hasta temes
vaciarte por miedo.

APETENCIA

E
s
t
á
s
sumergida,
entre las cálidas brisas de azahares
y las auroras extasiadas
de néctares
oro.

Exquisitez,
que al ras de los labios esbozas sensaciones
de placeres y silencios.

Quizás.

Porque
imaginas estar empolvada
entre las noches hastiadas de grandes apetencias
y tiempo.

P
e
r
o
siempre en soledad,
porque has aprendido a orillarte sobre la vida,
mientras respiras algunos vahos
de nostalgias.

VAHOS Y SILENCIOS

Según
tu relato trasnochado,
en vez de suspiros, exhalas fragancias insípidas
de viento.

P
e
r
o
con aromas estándares
a tiempo
e
n
t
e
r
o.

Aunque
hay toques personalizados
entre la cuasi desnudez y la cornisa blanca
del silencio.

Tal vez,
porque aparece aleteando debajo de las pupilas,
mientras respiras tu propio aliento.

Sin embargo.

Al
caer
las sombras por la piel,
te esfuerzas para seducir a los amalgamados pensamientos
que parecen hechos de sueño
livianos.

O simplemente.

Te
sumerges
al oleaje del pasado, hasta cumplimentar el presente,
sin la necesidad de que sostengan los ritmos de tu mundo.

En definitiva.

Te
fascina
pintar los ambientes,
con variadas tonalidades de ensueños, y a medio tono
de los pezones.

Porque estando a solas,
elevas algunas plegarias hasta el ápice de la inocencia.

MUJER ADENTRO

Solo tú.

Entre
algunos amarillos sensitivos
y el crepúsculo que se deshoja muy lento.

Pero despierta,
observando a la nada desde el silencio.

Desde luego,
que cada sentimiento continuo deambula
mujer adentro.

Y
si
es necesario,
te quedas en cuclillas, sosteniendo
a cada uno de los pensamientos.

Después.

L
a
noche,
que llega sin prisas,
pero se torna respirable cuando suelta sus penumbras.

Y
es allí.

D
o
n
d
e
tu imagen
arriesga un viaje a puro tacto, y a puro suspiros,

que se ajustan a las costumbres
de la desnudez.

SONETOS DE VIENTOS

Planeas.

Y
exhalas
un aire de golondrina migrando
al sur.

P
e
r
o
en libertad.

Aunque lo ilusorio.

Es
que
de tu boca al suelo,
se proyectan sonetos de vientos,
para luego ser noche
y tiempo.

Sin embargo.

Es allí,
donde converge lo fantasioso.

Sobre
el himen del silencio,
y sobre
el instante en que duras
descendiendo.

E
s
que en ti,
se enraízan las emociones.

Y
son tantas.

Q
u
e
brotan de ellas,
reminiscencias de suspiros y ansias
desde en el pecho.

INCERTIDUMBRE

A veces,
hueles a extrañezas.

Y
en
otras,
a estímulos cuales vahídos conmueven
hasta las entrañas.

¿Será
porque entre los parpados se van opacando
las nostalgias?

O simplemente.

S
o
n
tiznes
con sabores a olvidos.

Todo puede ser.

P
e
r
o
particularmente,
se te antoja el silencio hasta repeler
la angustia del alma.

Aunque después.

L
a
fugacidad

de los instantes,
tiritan por las esquinas de las penumbras.

Jeannette Cabrera Molinelli

Puerto Rico

Jeannette Cabrera Molinelli nació en San Juan, Puerto Rico.

Publicó dos libros de cuentos: El robo del mar y otros cuentos (Palabra Pórtico Editores, 2014), y Segundos cardinales (Indeleble Editores, Guatemala, 2015); este último fue presentado en la Feria Internacional del Libro de PR. También publicó dos libros de poesías: Poesía que no olvido (Editorial Zayas, 2016); y Flor de Fuego (Editorial Cigarra 2016). Al presente, trabaja en un tercer libro de poesía y otro de cuentos cortos.

Sus cuentos han sido publicados en varios libros antológicos:

Fantasía Circense (San Juan, 2011); *Maraña, Antología de Cuentos de Tejedoras de Palabras* (Editorial Argueso y Garzón, Colombia, 2012); *Sueños y Secretos —Antología de Autores Hispanoamericanos* (Eco Editorial Argentina, Argentina, 2014); *Antología de Cuentos Sueños del Cajón* (Del Alma Editores Puerto Rico, 2014); *Mundillo, Antología de cuentos de Tejedoras de Cuentos de Puerto Rico y Argentina* (Eco Editorial Argentina, 2015); *La ruta del cuento* (Editorial EDP University, 2015), y *Luces de la memoria* (Eco Editorial Argentina, 2016);

Su poesía ha sido publicada en:

Antología de micrófono abierto en Casa Emilio (San Juan, 2014), *Sueños y Secretos —Antología de Autores Hispanoamericanos* (Eco Editorial Argentina, Argentina, 2014); *Divertimento 1- Antología Poética* (Editorial Zayas, 2015), libro para el cual fue compiladora como lo fue para *Divertimento II*; y *Divertimento III; El eco de las musas* (Eco Editorial Argentina, Argentina, 2016). *Alma y corazón en Letras* (Del Alma Editores Argentina, Argentina, 2017).

Sus textos han sido publicados en varias revistas literarias: Boreales (San Juan, 2011), CRUCES (Universidad Metropolitana, San Juan, 2012), Hojas Sueltas (Universidad de PR, San Juan, 2013), y Monolito (México, 2014).

Fundó y preside el grupo literario Tejedoras de Cuentos, que organiza y promueve las Noches de Cuentos en espacios literarios en la isla. Maneja y coordina el proyecto La Ruta del Cuento, este último, un esfuerzo colectivo de cuentistas para llevar la literatura a los diferentes pueblos del país. Fundó Artistas de la Palabra, que se dedica a divulgar la poesía por toda la isla. Fue coanimadora en un programa de radio sobre literatura. Participó activamente en el XII Encuentro Internacional de Escritoras (Miami, 2016). Es Socia de la Sociedad Liberoamericana de Escritores y de la organización Poetas del Mundo (2016).

Correo-e: jeannettecabrera31@ gmail.com.

BÉBEME

Dame tus besos de fuego
los que sin demora
derriten mi indiferencia hacia el cortejo
cortan mis imponentes limitaciones
exaltan pasiones impetuosas
deleitan mis decorosas entrañas.

Dame tus labios donde guardas
los sentimientos más violentos.
Hazme sentir que soy copa,
formidable elixir de emociones intensas,
tónico invulnerable que provoca
gemidos agudos, sedosos.
Siente el placer resbaladizo
de mi estuario húmedo
íntima flor desposeída.
Acércame con tus manos
aduéñate de mi boca
y bébeme.

MUJER SILVESTRE

Quiero seguir siendo territorio subrepticio
para que me explores como nuevo forastero
auscultes cada rincón oculto de mi cuerpo
descubras todos mis picos y precipicios.
Quiero ser tu preferida selva boscosa
de helechos frescos, nacientes,
poblada de llamativas amapolas rojas,
ser monte encumbrado con hondos acantilados
causante del profuso caudal de tus ríos.

Cuando siento tus impetuosas pasiones
y el murmullo sutil de tu boca
me convierto en mujer silvestre
dispuesta a explorar parajes nuevos
desconocidos,
caminar por el peligro de tus senderos
hasta encontrar el jardín del paraíso
contigo.

EXTRAVIADA

Sin ti,
me pierdo como en un laberinto confuso
me ahogo en la fuente de los pájaros,
caigo desvalida en mi copa vacía
sin que nadie me socorra.
Soy pájaro extraviado
en la inmensidad del firmamento,
tren de juguete paralizado
descarriado en rieles destruidos
sin que nadie me aliente.

Necesito el apoyo de tus brazos
para transitar por este mundo impreciso
donde se engendran
amigos infieles
y los abrazos
sin sentimientos
nacen silvestres.

Levántame de esta despreciable superficie
del mundo por donde me deslizo.
Sujétame con tus apacibles brazos.
Llévame al sagrario de tus suaves labios.
Alumbra mis caminos con el lucero de tus ojos
y dame lo que nunca me había faltado:
tu intenso amor reconfortante.

TU NOMBRE

Por más que lo intento
no olvido tu nombre.
Regresa a mí como vórtice.
Vuelve y vuelve persistente
aunque trate de grabar otro
aunque cante recuerdos diferentes
aunque ponga mis ojos en nuevos esmeros
e intente ahogarme en diversas cejas oscuras.
Tu nombre, imborrable,
viene a mí en las primaveras
despierta nuevos empeños.
Deseo ser pez en tu mar
sentir tu piel de aguamarina
convertirme el alga resbalosa
para deslizarme
en las arenas blancas de tu pecho.
Tu nombre
guardado en una caja encubierta
de mi abatida memoria,
sigue siendo indisoluble piedra
sigue cantándome boleros
sigue besándome con el mismo ardor
mientras te sueño
reclinada en mi hamaca
bajo las palmeras.

ESCRITO EN EL ALMA

Con ese gesto
de enviarme notas
llenas de sentimientos
o cuando me abrazas
porque estoy seria o contrariada;
cuando apresas mis manos entre las tuyas
como un devoto, y las besas;
o cierras mis ojos
con un beso deleitoso…
te conviertes
en ángel tierno, exquisito,
que vibra y me estremece.

Cuando pones tu dedo en mi boca
mirándome a los ojos,
o muerdes el lóbulo de mi oreja
susurrando palabras amorosas,
o humedeces tus labios
degustando el banquete de los míos;
o descansas sobre mi cuerpo
haciendo música con tu murmullo,
te conviertes
en mi inseparable amante,
y escribes tu nombre en mi alma
para siempre.

¡ACABEMOS CON ESTO YA!

Estamos tan lejos…
demasiado…
Este espacio vacío entre tú y yo
este silencio luctuoso que nos separa
esta nada patética y densa
que no nos deja ver con claridad
no nos permite ser uno
como siempre hemos sido…
Maldita nube oscura, etérea,
que nos confunde
que nos encierra en el cuarto funesto,
nos encadena a las tinieblas de lo incierto,
nos obliga a esta abominable soledad
que a ninguno de los dos nos sufraga…

Acabemos con esto ya,
de una vez por todas.

Siéntate a mi lado.
Mírame a los ojos.
Encuentra a esta mujer
que enamorada de ti
siempre ha estado,
amante del hombre
dulce y amoroso
que siempre has sido.
Mírame bien,
llega a lo profundo.
Verás mi alma
de la que solo tú eres dueño.
Permitamos la euforia
del abrazo devoto.
Llenemos este espacio
con la luz de tus besos.
Hagamos del amor

una fiesta cotidiana.
Echemos las campanas a vuelo.

ME HACES FALTA

Me haces falta, amor,
demasiada falta…
Tu ausencia me convierte en huérfana
desabastecida
hambrienta
agonizante.
Sin las vestiduras de tu abrazo
siento estar desnuda
desprovista de toda aquiescencia
cubierta por este maldito silencio
que me lleva a la locura.
Con la rapidez de un relámpago
me deterioro
como cerradura enmohecida.
El rastro de este abandono
me frustra
me transforma en cáscara frágil
quebrantada.
Tanta privación me quema.
Me convierto en rio seco,
aprisionado por piedras interfectas.
Soy pájaro que ya no vuela,
muero de tanto quebranto.

SI YO PUDIERA DECIRTE

¡Si yo pudiera decirte
cuánto te echo de menos!
Que mis brazos vacíos
se me caen en pedazos
pensando en los tuyos.
Que me quedo ciega
pensando en tu mirada
y como carta traspapelada
me siento fuera de sitio.

Mi boca se vuelve sedienta
añorando tus besos de novio
anhelosos de pasión
ardorosos
efervescentes de amor temprano.

Si yo pudiera decirte
que ha sido imposible olvidarte,
que estás grabado en mi mente
¡te pienso más cada día!
Que estás presente
en todas mis sábanas blancas
en mi ropa de encajes,
en todas las esquinas
de esta indiferente ciudad
en cada ola que muere
a la orilla del mar.

PURIFICACIÓN

Caían mis cavilaciones
por los precipicios
de exámenes y juicios
empapados de tristeza
trozados por malos entendidos.

El cielo, iracundo,
envía la lluvia purificadora
que limpia y decolora
todo lo malo que guardo
de tus letras enfermas
podridas.

Sopla el viento mis dolidos pensamientos
los lava la afluencia de la lluvia
y se disipan.

Llueve…
Se borran los malos recuerdos
que tengo de momentos contigo,
tus desprecios, inmerecidos,
tu deseo de mi muerte
que regaste sorpresivamente
en mis amigos queridos.

Llueve…
Se esfuman tus miradas infames.
Se despintan mis días grises.
Reaparecen flores vivas
en mis reflexiones íntimas.
Entran en mi escenario poesías
llenas de verbos fortalecidos,
robustecidos
listos para mejores tiempos.
Resucitan palabras amorosas

inundadas de sonrisas plácidas
y reposan ahora en mi libreta
aliviadas
dispuestas a entreabrirse
a la vida.

NO ME MUERO

Si te creías que yo moriría
porque ya no te tengo,
te equivocaste.
He descubierto que no te quería tanto
como creía.
Que duermo hoy más liviana
y con más espacio en mi lecho
sin tener que halar mi sábana
para arroparme.
Que como lo que me venga en ganas
sin tener que pensar en tí
ni en lo que te gusta.
Que no tengo que lavar ropa de nadie
más que la mía.
Que voy y vengo a donde me plazca
sin tener que informarle a nadie.
Que escucho la música que me plazca
sin tener interrupciones
y tengo todo el tiempo del mundo
para escribir poesías.
Que todo lo que tengo es mío
sin tener que prestarle a nadie.
Que puedo vivir sola
teniendo varios acompañantes.
Que como nunca imaginaba
estoy más viva que nunca antes.
Que no me muero porque no tenga tu amor
Que no me muero.

Ana María Ortiz

Argentina

Ana María Ortíz

Nació en Goya (Corrientes), el 27 de Mayo del año 1968. Seudónimo Artístico: "Pescadora de Sueños". Rubro de Participación: Poeta. Sus primeros estudios abarcaron el graduado escolar normal. Finalizó su secundaria en la "Escuela Magdalena Güemes de tejada" y Nivel Terciario Maestra y Profesora de Enseñanza Práctica. Se desempeña como docente en dos Niveles Educativos: Nivel Secundario: "Escuela Técnica Valentín Virasoro-Anexo" y "Colegio Secundario Buena Vista- Extensión Áulica Pago Redondo" y Nivel Primario: Escuela N°118 "Héroes de Malvinas". Realizó cursos de Capacitación: "Coordinadora y Tutora de Ciclos entre otros Perfeccionamientos Docentes.

Actualmente, Miembro de la Sociedad de Escritores Seccional Goya. Realizó corrección gramatical de poemas a escritores y declamadores de los países de Colombia, Chile y México. Concurrió a talleres Literarios de la Provincia de Corrientes. Disertante talleres Literarios en la Provincia de Santa Fe- MalAbrigro y Corrientes Capital. Participó en la 6ta Feria Provincial del libro (Corrientes). Obtuvo Menciones Especiales en el "I Certamen Internacional de Poesías en Honor al Dios Dionisio (Quequén, Buenos Aires), "50° Concurso Internacional de Poesía y Narrativa –Palabras al Mundo 2016", "Concurso Ciclo Narradores y Poetas del Mercosur" y participó como Miembro fundadora del "Foro Internacional de Arte y Literatura Puente de Palabras XIII del Mercosur" (Rosario-Santa Fe).

Directora representante de la Provincia de Corrientes "Internacional de Poetas y Narrador de G.E.P.A.N. Participó en Encuentros Nacionales e Internacionales: "II Encuentro Internacional de Escritores sin fronteras" (Federación-Entre Ríos), "I, II, III, IV, V, VI, VII y VIII Encuentro Poetas, Narradores, Declamadores y Académicos" (Goya- Corrientes), "II, III, IV, V, VI Encuentro literario La Luna y el Sol" (Santa Fe), "II Encuentro literario La Cara Brillante del Mar" (Ibarlucea-Santa Fe), Primera y segunda actividad Multiespacio (Recreo- Santa Fe) "Cazadores de Cultura", Encuentro Literario Artístico "Musas amigas, almas en redes" (Laguna Paiva-Santa Fe), "Primer Festival de Poesía Correntina" y "Primer Encuentro de Escritores del Litoral" (Corrientes- capital), "Congreso Latinoamericano y del Caribe de Educación, Comunicación y Políticas Educativas", I Certamen Abierto de Poesía y Narrativa "Otoño" (Recreo- Santa Fe), XIV Encuentro de Escritores del Mercosur, XI Congreso Internacional de Educación Internacional y Literatura Contemporánea y VII Encuentro de Productores Culturales del Mercosur (Hernandarias- Paraguay y Puerto Iguazú- Argentina), Encuentro de Primer Microrrelato

Participó en Antologías editadas y publicadas Internacionales: (Guadalajara- México), Mil Poemas a Gabriela Mistral, Mercedes Sosa, Chacabuca Granda y Violeta Parra e Identidad de los Pueblos" (Isla Negra- Chile) y "Radio Cita con La Luna" (Barcelona- España) y Nacionales: Antologías Poéticas: "La Luna y El Sol" (Santa Fe), "IV Letras de Orfebre Goyana" (Goya-Corrientes), "El Arte de Crear Paz y Amor y Una Luz para los Niños" (Rosario), Antología Poética Internacional "100 Poetas por la Paz", Antología Poética Internacional "III Mujeres y sus Plumas". Entre otras obras literarias.

BLANCA LUNA

La blanca luna queda escondida entre nubes pasajeras,
 Mi mirada soñadora sigue en la dulce espera
 De tu llegada como paloma viajera,
 Navega mis pensamientos con el silencio de la luz verdadera,
 Escribo apasionadas cartas de Amor...como si fuera
 Infinitas caricias porque te ama aunque no te viera,
 La distancia acrecienta la ansiedad de verte, por vez primera,
 Tus manos tibia seca la brisa de primavera,
 Que desnuda mi alma tan sincera.
 Nuestros corazones resguardan
 Los hermosos recuerdos junto a la hoguera
 Cada vez que nos amamos dondequiera
 Sin importar el tiempo que se detenga,
 Envueltos en sábanas blanquecinas
 Pasamos noche entera...
 Para descubrir que el momento vivido...
 ¡Vale la pena!

SENTADA AQUÍ

Sentada aquí! Con el alma pensando
Que no sé si viviré para cuando tú llegues.
Sentada aquí! enredadas en mil palabras
Ahogándome sin consuelo,
En un amor vulnerable y bello.

Sentada aquí! hoy escribiré los versos más seductores
Porque el tiempo proclama tú presencia en silencio.
Sentada aquí! Proclamaré odas melodiosas loables,
Para que me recuerdes en las noches infinitas
Y días fortuitos venideros,
Para cuando tengas sed de amor,
Impregnen tus dulces sueños de esperanzas y ensueños,
Airosa saldré al ver que Dios te ha colmado de amor eterno

Sentada aquí! Hoy tejeré los mejores recuerdos
Para cuando perciba el frío,
Te acobijaré con mis suaves alas tu gallardo cuerpo,
Para cuando te sientas solo,
Percibas mis manos acariciándote
Con tiernos besos tocar tu alma
y tu corazón incierto.

Sentada aquí! Sola en mi aposento trazo mis mejores versos,
Para que cuando mires la luna blanca,
Sientas escuchar mi sonrisa de mar azul
Y sientas mi voz fortalecedora de amor
Calmando tus tormentos,
Para que cuando tus lágrimas preciosas
No sean tristes y amargas,
Pintaré en tus ojos la alegría del cielo.

Sentada aquí! Sentada sola aquí!
Hoy escribo estos sencillos versos,
Para que cuando tú te decidas

Estar junto a mí…
No sea tarde… y tenga que delinear…
Tu bendito nombre en mis últimos versos.

LUNA

Blanca Luna destellada, tú que lo ves
Dile que me pierdo pensando en él,
Me sumerjo en abatidos suspiros,
Porque enciende todos mis sentidos,
Lo siento tan cerca que percibo
Que estoy viva en sus latidos suspendidos.

Blanca Luna misteriosa, tú que lo ves
Dile que cada beso callado
Hace sentir segura en sus brazos,
Toman vidas nuestros sueños
Yo aquí muero en sus deseos.

Blanca Luna relucida, tú que lo ves dile
Que cada verso que escribo
Son como castillos de nubes,
Como agua de mar cristalina endulza
Mis esperanzas dormidas.

Blanca Luna dormida, tú que lo ves dile
Él es como espiga dorada
Alimenta y encanta mi humilde consuelo,
Lo extraño porque es mi bello sendero,
Abre pasos a un lugar certero
Encuentro la paz en su pecho.

Blanca Luna encendida, tú que lo ves dile
Que contemplo su rostro en los infinitos astros.
Dile Luna de las lunas! Dile que lo quiero
Oh! Blanca Luna!
Tú qué sabes dónde estás acaríciale con mi ternura
Su bella alma, dile que me hace falta
En ésta noche solemne…
De soledad por él muero.

ESPEJO

¿Quién soy? ¿Por qué miras?
¿Por qué cambiaste mi camino?
¡Responde espejo! ¡Responde!
¿Yo soy tú? ¿Y tú eres Yo?
¡Sí! ¡SÍ! Eres Tú.
Tú espejo de mi vida, espejo de mi alma.
¡Tú eres mi otro Yo!

Conoces los caminos de mi vida.
¿Por qué no te encuentro?
¿Escapa del destino?
Destino Tuyo y Mío

Espejo eres refugio de mí ser.
Eres reflejo de mi sed.
Sed de amor y ternura,
De sentimientos y locuras.
Eres guardián de mi soledad,
De un amor lleno de terquedad

¿Te vas? ¿Por qué huyes?
¡Sí! ¡Sí! Huye, huye pero no escaparás
de tu destino.
¡Espejo! ¡Espejo!
¡Dile! ¡Dile!
Di mi funesto destino.

¿De qué huyes? ¿De tu destino?
¡No! ¡No! Huyas de tu amor.
Amor loco y revolucionario
Que amas con pasión.

¡Sí! ¡Sí! Veo tu Dolor.
Veo tu ilusión y candor.

Veo tu dolor
Veo tu verdadero AMOR!

Gerardo Parra Valdés

México

Gerardo Parra Valdés Mexicano nacido en 1971, radicado en Tijuana, B.C. médico de profesión

Libros publicados: Poemas libres e incompletos, Viendo los barcos alejarse en el mar, Hereticum.

Ha participado en la Feria del libro de Tijuana en diversos años, Feria del libro del Instituto Tecnológico de Tijuana, Recital de poesía por las mujeres de Ciudad Juárez, La poesía como medio para mejorar la niñez, así como en varias lecturas del colectivo

Mañana Lloverá del que es miembro desde 2015

pera

(para Andrea)

1

qué tristes se me hacen las fronteras impuestas por el hombre
cuan inútiles y sombrías
queriendo detener incluso a la naturaleza
como si fuera confabularia
cómplice de algo

¿habrá una aduana tan ridícula
como para querer detener al viento?
el viento es peligroso
lleva un poco de todos aquellos
que lo respiramos y exhalamos
tiene algo de partícula de todos los hombres
negros y blancos
indios
latinos
latinos avergonzados de su origen
latinos orgullosos de serlo

me duele el tiempo perdido en las salas migratorias
la imperiosa necesidad de muchos
por poner límites como si nadie mereciera
y el no tomarse la molestia de conocerme
para decidir si soy bueno o malo

me imagino una policía
para impedir los avances de las nubes
o un malévolo dique
para contener la húmeda marcha del agua
y dios
¿quién se atrevería a detenerlo
o a extenderle una visa
para atender las necesidades
de creyentes en distintos países?

qué ridículos podemos ser los hombres
con ese afán de poder incontrolable
olvidando que la vida puede acabarse
de un momento a otro

lo único bueno de este día
es que el mundo entero es una pera
una fruta compartida de mi amor
con tus pequeñas manos donde se me amortigua la vida

mirándote comprendo
que soy un hombre como todos los hombres
respiro
como
trabajo todos los días y me esfuerzo por ser honorable

(del libro "viendo los barcos alejarse en el mar")

Te espero
no aquí ni allá
sino en todas partes
en cualquier parte del mundo en donde me quieras ver

no pienses si estoy solo aún rodeado de gente
ni pienses que es corta la vida
sólo ten presente que mi amor
te besa en los labios cada vez que te miro
y que cualquier lugar del universo
es buena para tener la noticia de tu abrazo
el contacto de tu cuerpo
o el simple sonido de mi nombre naciendo de tus labios

pasan los días
las horas
los diminutos segundos tornando en siglos si no estás

pasa todo esto
y no puedo decirte todo lo que te escribo
es verdad que hay nostalgia y sin sentido

Todo comenzó como una canción de medio día
cuando te escuché reír
y ya no pude comprender al silencio

desde entonces
he olvidado casi todas las palabras

quizá sea otro desde ese instante
o quizá sea yo mismo el que me encontré bajo el árbol inmenso de
tu risa
y quise protegerme de la lluvia
de la vista de los hombres que no comprenden esta manera de ver
al mundo
como un espacio para todos los humanos
de cualquier color
de cualquier credo

quizá haya sido yo mismo
el que encontró sus propias huellas
al encontrar las tuyas en el camino solitario
y escuchando tu risa
quise soñar

3 (sólo adorarás al señor tu dios)
Se me dieron a ver todos los reinos de la tierra
se me ofrecieron todos los tesoros de la tierra
se me pidió adorar

pero vi también las miserias del mundo
los barrios olvidados de la ciudad
el valle de los enfermos
el terminal
las favelas y los leprosarios
en cada lugar del mundo hay un espacio transpirando lo peor

vi también dos mil ayunos intercambiados por un voto
y una mujer vendiendo amor
con un signo de muerte en el cérvix

pregunto a mi izquierda
¿de quién te ha venido el poder que ahora ostentas?
¿quién te creó como a mí?
¿qué no podría yo ver con mis propios ojos
sin necesidad de ti?

pero también pregunto a mi derecha
¿en qué te quieres parecer a mi
si no puedes vivir lo que yo vivo?

si volteas y voltean contigo los pregoneros de tu nombre
como queriendo olvidar la existencia de todo esto
y se juntan con dos botellas de vino para hablar del espíritu
pero no lavan las heridas
no comparten lo poco contenido en un plato de aluminio

cómo quisiera haberme llamado Leonardo
aunque me hubieran expulsado de los conventos
para poder mirar de frente al infinito

para poder mirar de frente a los llamados por sí mismos hijos tuyos
y no pueden alcanzar el status de las piedras
no me importaría estar solo
pero tranquilo
fiel a mí.

tercera palabra (mujer, he ahí a tu hijo)
Veo mujeres en la plaza llevando imágenes
son los hijos arrebatados de su carne
son las oleadas de los pocos
que no se conforman con palabras sin sentido
¿en dónde están?
¿quién puede decirnos el destino
del viento silenciado porque no tuvieron miedo

¿en qué campo crecen las flores de la angustia?
¿a dónde quedan las ausencias preñadas de recuerdos?
¿en qué extensiones grita la muerte lacerante?

veo al pie de una cruz
lenguas con papilas dolorosas
¿hasta cuándo la mirada de lo alto?
¿hasta cuándo se cumplirá la tercera palabra?
aquí no hay mirra ni vinagre
para mitigar la pena

¿Cuánto puede vivir un hombre?
¿cuánto tiempo tiene para decir
cosas importantes
sencillas?

cuánto tiempo para sentir y para opinar

¿cuánto tiempo tengo yo
para estar en una noche fresca
impregnada de azul
y sonido de cigarras?

busco respuestas aquí....
ó allá....
entre las grietas de un árbol
que no sabía de mi existencia

no me pidan respuestas
ahora soy yo quien pregunta
ahora soy yo
el que pide luces incontables en el cielo

creo que seguiré caminando largo trecho
y si alguien no responde
¿qué hacer?

¿en dónde han nacido los olvidos?
el tiempo transcurre
sólo soy una parte más
de la historia devorante

Ricardo Alfredo Raspanti

Argentina

Autor: Ricardo Alfredo Raspanti
Breve biografía:

Nació en Córdoba el 7/10/1988, casado y sin hijos. Es Profesor de Lengua y Literatura para la Educación Media, dio clases en distintas escuelas de la Ciudad de Córdoba y en la Ciudad de Villa Carlos Paz, actualmente reside en Villa Allende y se desempeña como docente en Unquillo. También está realizando una adscripción en la cátedra de Literatura Argentina II del I.E.S "Simón Bolívar".

Quinto de seis hermanos varones, desde niño lector adicto y escritor esporádico, hasta que un desconocido me paró en la calle y me dijo "Vos vas a ser escritor, noté como miras para todos lados, sos muy observador", desde ese día supe que seguir el consejo de un desconocido era una gran opción.

Durante 4 años dirigí el taller de escritura creativa del Club Atlético Belgrano, actividad en la que congenié mi pasión pirata-futbolera, mi pasión por la enseñanza, por la Literatura y por la escritura. Durante dos años conduje el programa "Letra y Música", en la FM comunitaria "La quinta pata" de la República de San Vicente.

Participé en algunos concursos literarios, con resultados variados. Logré el tercer puesto con el cuento "El último abrazo" en el concurso de cuentos sobre fútbol organizado por el Club Belgrano y acompañado por A.F.A, pero la crítica que mejor guardo es la de mi viejo, sumamente objetiva: "Mejor que Jorge Luis Borges".

Mi mujer es mi luz y mi inspiración.

Pienso seguir escribiendo hasta el día en que muera.

BIS

¿Hasta cuándo vamos a seguir creyendo que lo maravilloso no es más que uno de los juegos de la ilusión?
Julio Cortázar

Se cansó de esperar el colectivo y luego el tren. Se molestó con todo el trabajo de otros que le tocaba hacer. Se asqueó con comida recalentada y volvió crispada a trabajar. Se despidió enojada de sus compañeros. Recibió empujones y subió al tren. Bajó y recibió los últimos rayitos de Sol mientras subía al colectivo.

Apoyo la cabeza en la ventanilla y sonrió: No había sido tan malo el día, sólo necesitaba llegar a casa y tirarse a descansar en su alfombra.

...

Se cansó de esperar el colectivo y luego el tren. Se molestó con todo el trabajo de otros que le tocaba hacer. Se asqueó con comida recalentada y volvió crispada a trabajar. Se despidió enojada de sus compañeros. Recibió empujones y subió al tren. Bajó y recibió los últimos rayitos de Sol mientras subía al colectivo.

Apoyo la cabeza en la ventanilla y sonrió: No había sido tan malo el día, sólo necesitaba llegar a casa y tirarse a descansar en su alfombra mágica.

***

GOL DE MARADONA

Dicen que cuando uno está a punto de morir la vida se le presenta ante los ojos como una serie rápida de imágenes de todo lo vivido. Un amigo me aclaró que -mientras volaba por los aires en un accidente en moto del que sobrevivió- se le presentaron mil escenas de lo que faltaba vivir, no de lo vivido. Hay quienes dicen que estas sucesiones de imágenes se presentan también segundos antes de una gran proeza, de algo histórico. Lo que nadie aclara es si también recordás los fideos de la noche anterior, el olor que dejaste en el baño esa mañana o el chiste malo del que te reíste por compromiso media hora antes. ¿Qué habrá pensado Maradona antes de hacerle el gol del siglo a los ingleses en 1986? ¿Qué habrá pensado cada uno de los millones de televidentes?

Él era un televidente más, que mientras miraba sólo el partido bajaba la tercera botella de caña Legui y recordaba en silencio el día en que, seis años atrás, pudo comprar ese televisor color. "Ahora estamos al medio de dos mundiales, es el momento en que salen más barato", le dijo a su hijo que estaba exultante con la compra.

Recordaba eso cuando recordó con muchísimo dolor a su vieja, el día en que su papá los abandonó. Las cosas no eran tan malas , aunque a veces la vida se ensañe sigue siendo linda. La pobreza resecaba el lagrimal. "No voy a llorar hoy", pensó esa noche mientras masticaba bronca antes de dormir. Del hambre que sentía mejor ni hablar.

El tiempo pasó y la vida seguía teniendo algo de linda: la hija de don Cosme le había devuelto la mirada. Con 18 años el amor se había hecho presente como para distraerlo un poco de la malaria. "¿Para esto me recibí de perito mercantil, con tanto esfuerzo de la vieja?" Pensaba mientras juntaba en el puerto tripas y cabezas de pescado, para venderlo por monedas a la fábrica de alimento balanceado. Pero la vida seguía siendo linda.

19 años. El futuro seguía oliendo a pescado podrido. "Con esta baranda no puedo ni acercarme a Clarita, mucho menos a don Cosme", razonaba resignado.

Algunas cosas que tienen que pasar, simplemente pasan. Cuando nadie las espera, cuando el cansancio te enseñó a bajar la mirada, viene una oportunidad que te levanta la pera y te ayuda a mirar para arriba.

-*Vos, pibe, estás contratado.*

-*¿Yo, albañil?, preguntó sin poder creerlo.*

-*No, imbécil. Brutos con fuerza hay en cualquier lado. Vos al menos sabés algo de contabilidad, te veo el lunes en la oficina. Vestite bien, y por el amor de Dios, pegate una buena ducha. Acá tenés dos pesos de adelanto de sueldo para jabón y perfume, o nos matas a todos.*

Pese a la tosquedad del patrón, él estaba feliz. Ese mismo lunes a la tarde pasaría a saludar a Clarita.

La vida se ponía cada vez más hermosa. Ya no vivía sólo con la pobrísima pensión de la vieja, que con tanto amor le lavó y remedó la ropa, no. Ahora tenía su propio sueldo, ¡Que importante se sentía, que feliz!

La semana pasaba volando, porque el Domingo después de Misa podía invitar a Clarita a un helado, siempre acompañados de doña Azucena. A él no le importaba, era feliz.

Los padres de Clarita eran tan rígidos como buenos, y tiempo después de duras pruebas de formalidad, buenos modales y capacidad económica le aceptaron la boda. Él con 21 años y ella con 19.

Todo fue diferente ese lunes. Al patrón lo saludó con un abrazo que casi le parte las costillas: ¡Voy a ser papá! Gritó enloquecido. Toda la mañana fue un silbido alegre, entre felicitaciones y sonrisas. *¡Mateo viene en camino!*

Esa mañana lo llamaron al trabajo para darle la buena noticia. Pero cuando llegó al hospital todo cambió… ella murió minutos después del parto.

Doña Azucena tomo un rol importantísimo en la crianza de Mateo. Su mamá había muerto, su abuela paterna también, no le quedaba otra figura femenina; y del abuelo no se sabía nada hacía décadas...

A él tanto dolor lo consumía por dentro, pero aguantó por su hijo, por su orgullo.

Dieciséis años y el mundial de fútbol, la fiesta y la alegría, sólo eso importaba. Dieciséis años cuando volvió borracho a casa por primera vez... pero él no lo noto porque estaba más borracho aún.

¡Si Clarita viviera! Era el pensamiento que intentaba ahogar con ginebra, mientras simulaba festejar con banderitas de plástico como el resto de la multitud.

Ese año Mateo cumplía 18: número alto, adentro. Altísimo, dos años adentro. Va a volver hecho un señor, decía orgullosa Azucena. Él ocultaba la mirada vidriosa para no hacer más difícil la partida. Dos años, la puta madre.

Al menos en el trabajo ya había logrado varios ascensos, ahora para el tosco hijo del viejo tosco que lo había contratado décadas atrás. La vida tenía todavía algo de linda, y la esperanza de que a la vuelta sería mejor.

Y el tiempo se detuvo, congelado como la gota de sudor que le recorría la espalda, con la oreja pegada a la radio. El país entraba en guerra, los conscriptos debían partir. Casi al fin de su servicio en la marina, Mateo viajaba hacia el sur. La noticia mató a Azucena de un infarto, su nietito era un hombre que iba a la guerra. *¡Claro que tiene instrucción militar, pero nadie está listo para la guerra! ¡Nunca!* alcanzó a balbucear antes que se apagara el miocardio.

Él no lo podía creer, bebía más que antes y fumaba un cigarrillo tras otro, como intentando que se consumiera junto con el tabaco ese pánico que le calaba los huesos. Él fue varias veces al regimiento a pedir el cambio: *Yo tengo más instrucción, mándenlo de vuelta que voy yo.* Pero no, nada de eso pasó.

Don Cosme hacía lo que podía para calmar a su yerno, pero ya viejo y triste como estaba mucho no podía hacer.

El seguía en tierra temblando de miedo. Y el torpedo sonó. Y otros más. Mateo en el agua temblando de frío. La balsa llegó tarde. Mateo en el agua murió de frío, junto a 322 compañeros.

Los amigos y familiares lejanos se acercaron a darle sus condolencias, a recordarle que era un gran honor, que había sido en servicio a la patria. Él pensaba que no había honor seguro. ¿Y si Mateo fue obligado? ¿Y si los torpedos pegaron mientras dormía, cagaba o se masturbaba? ¿Cuál es el honor de morir masturbándote? El hijo del vecino, don Poloni, también había muerto, en tierra, en las Islas. Al menos Poloni tenía el consuelo de una medalla al heroísmo en batalla, el pendejo al menos tuvo la dignidad de tener huevos, y recibió un balazo entre las dos cejas después de evitar que muriera todo su batallón. Él, en cambio, sabía que Mateo había muerto en el Crucero, nada más. Ni noticias de la dignidad de esa muerte.

Es la mesma mierda, aclaró Poloni. *Vos mandas un hijo y te devuelven pedazos de metal hechos medallas. "Siéntase orgulloso" te dicen; manga de pelotudos, como si necesitara una medalla de mierda para estar orgulloso de mi Pablito. ¿Pensás que duele menos? Ojalá mi hijo hubiera sido el más cagón entre los cagones, ojalá hubiera desertado en vez de ir orgulloso al frente. ¡Ojalá tuviera un maricón vivo, y no un héroe muerte que no sirve para un carajo!* Exclamaba con veneno en la voz mientras tiraba con impotencia otra colilla al suelo.

Los cuatro años siguientes habían estado de más. Él estaba hundido en el peor de los pozos. Había perdido todo en la vida, y mientras todos festejaban los triunfos en tierras mexicanas, miraba de reojo la tv. que compró para un mundial que no vio, porque pasó escuchando la radio, llamando al regimiento o a las familias de los compañeros de la marina de Mateo.

Ya eran los cuartos de final. Dos botellas de caña habían pasado sin pena ni gloria por su boca. Maradona en una avivada metió el primer gol, con la mano. ¡Gol! Alcanzó a decir apretando el puño, y una pequeña mueca en los labios era lo más parecido a una sonrisa en cuatro años. Tomen ingleses hijos de puta, dijo masticando la bronca retenida.

Dicen que cuando uno está a punto de morir la vida se le presenta ante los ojos como una serie rápida de imágenes de todo lo vivido. Otros, en cambio, dicen que ves todo lo que te falta por vivir. Rumiaba eso cuando recordó con muchísimo dolor a su vieja, el día en que su papá los abandonó. *La va a tocar para Diego: ahí la tiene Maradona; lo marcan dos, pisa la pelota Maradona...* y en ese momento recordó la sonrisa de Clarita, el sí ante el altar, la primera vez en el hotelucho de Mar del Plata... *Arranca por la derecha el genio de fútbol mundial, y deja el tercero...*y la cara de Mateo vestido de soldado fue como una espada atravesándole el corazón *¡y va a tocar para Burruchaga! Siempre Maradona... ¡Genio! ¡Genio! ¡Genio!... Pocos segundos bastaron para recordar dónde estaba el revólver... Ta-ta-ta-ta-ta-ta-ta...¡Goooooooooooooooooooooooolll!*

¡PUM!

¡Goooooooooooooooooooooooolll! ¡Quiero llorar! ¡Dios santo! ¡Viva el fútbol! ¡Golaazo! ¡Diegooooo! ¡Maradooona! ¡Es para llorar, perdóneme! La sangre circulaba por el suelo en el que yacía el cuerpo muerto... *Maradona, en una corrida memorable, en la jugada de todos los tiempos, barrilete cósmico, ¿de qué planeta viniste? Para dejar en el camino tanto inglés, para que el país sea un puño apretado, gritando por Argentina... Argentina dos; Inglaterra cero. ¡Diegol, Diegol, Diego Armando Maradona! Gracias Dios, por el fútbol, por Maradona, por estas lágrimas, por éste... Argentina dos; Inglaterra cero."*

***

DE NOTICIAS Y MENTIRAS

1) Las dudas.

-Cambiá la cara hermano, ya pasó la final, todos queríamos la copa pero ya está.

-No entendés loco, no es por eso. El jefe de redacción quiere que saque un buen titular, bien amarillista, que la hunda a la piba. Y yo... yo la verdad lo entiendo, ¿vos no hubieras hecho lo mismo?

-Sí... qué sé yo... bastante arriesgada la jugada igual. Eso es lo lindo del periodismo, lo podés hacer quedar como un hecho simpático como un gran fraude... por otro lado, vos tenés chicos que alimentar, una hipoteca que pagar... yo no me haría el gallito con el jefe y pondría la huevada que pida.

-Fue, tenés razón. La dejamos ahí.

2) Los titulares:

- "Joven engaña a todo un pueblo: ¿La juventud está perdida?

-"Broma de mal gusto en pueblito de Salta: ¿No tenía nada mejor que hacer durante la final del mundial?".

- "Muchacha zafa del linchamiento al descubrirse su mentira mundial".

3) Hechos y detalles

San Antonio de los Cobres, pueblo de Salta de 5.500 habitantes, sufrió el 7 de Julio la creciente (Completamente inesperada al ser pleno invierno) de los ríos Toro y San Antonio, causada por una inusual tormenta que lo inundó todo y también provocó un alud dejando completamente incomunicada a la localidad.

El trabajo en conjunto del gobierno, y del solidario pueblo argentino, lograron reunir una gran cantidad de donaciones de alimentos, frazadas, medicamentos, abrigo y pañales, entre otras cosas. En los inmensos helicópteros del ejército fueron trasladadas.

Numerosos jóvenes salteños acudieron en ayuda para organizar las donaciones. Entre ellos Giulia Rodrigues, quien todas las semanas viajaba a San Antonio a ver a su abuelo enfermo. Increíblemente consiguió convencer al piloto del helicóptero y viajó con ellos a ver a su ser querido.

4) La defensa

-¿Vos sos idiota pibe? ¡Mirá la historia que te perdiste!

-Pero el jefe de redacción me dijo...

-¿Y sí el pelotudo ese te dice que se la chupes vos se la chupas? ¡Metiste el mismo título de mierda que todos los medios, hubiéramos sido los únicos que decíamos la posta! ¡Estás despedido!

Dos semanas después de la copa, un ex periodista del principal diario salteño fundaba su propio magazine deportivo "Era penal" con rotundo éxito.

En la tapa, la foto de -la hermosa- Giulia Rodrigues en primera plana con el titular "La defensa" y el copete "La verdad de los hechos en primera persona".

"Yo soy Giuliana Rodriguez, la persona más odiada en todo San Antonio y quizá en todo Salta, pero quiero contarles mi versión. Hace 10 años, en la inundación anterior, quedamos sólo mi abuelo y yo... vivíamos los cuatro con mis padres que murieron ahogados. Cuando hace 5 años mi abuelo enfermó del corazón, no pudo seguir trabajando así que me vine a vivir a la Capital, unos parientes lejanos me bancan una piecita. Como cajera del supermercado lo mantenía a él y me mantengo yo, pero lo más importante es que tenía mutual para sus remedios.

Cuando desde el ejército me permitieron verlo me alegré muchísimo. Llevaba conmigo muchas cosas para él, entre las que tengo que mencionar una batería de auto y un transmisor de banda ciudadana, como los de la policía. Pero al volver se me vino el mundo abajo: En el vuelo, uno de los médicos me contó que por su delicado corazón y por la terrible hipotermia que había sufrido, le quedaban cuanto mucho dos semanas de vida. Y los trabajos de reutilización de la ruta iban a demorar como poco un mes.

De chiquita mi papá me había enseñado a usar los transmisores, entonces ya que del otro lado del alud y de los ríos nadie tenía teléfono para hablar le dejé el otro trasmisor... hablábamos sólo 5 minutos diarios para que no muera la batería. Lo que más le apenaba era no poder ver la semifinal Argentina vs. Holanda, así que se la relaté. No podía re-transmitir la radio porque sonaba horrible, así que fui una locutora improvisada de lo que veía en la t.v. ¿Y Saben qué? Se le llenó de vecinos la casa... ¡Era el único medio, la única transmisión del partido para 5.500 personas! ¡Y pasamos a la final!

Ahí un vecino hizo un pacto con mi abuelo: le cargaría la batería en el auto cuantas veces quisiera, para que hable conmigo cuanto quiera, con tal que ese domingo yo les transmitiera la final. ¡Fue una cosa de locos! ¡Todo el pueblo en la plaza! Conectaron la radio a los parlantes de la Iglesia y los hicieron funcionar a 12 voltios. Mi abuelo me contaba todo con la voz quebrada de la emoción. Y así fue que relaté los primeros 45 minutos, el segundo tiempo... alargue...Minuto 113... Götze la toma sólo en el área chica... Glup...

(¡Perdona abuelo!¡Perdona San Antonio!)

¡No lo puedo creeer! ¡Lo que se comió Götze! Era golazo cantado y el pibe la mandó afuera, hasta ahora penales.

118 minutos, tiro libre para Argentina en la puerta del área...   Messi...
Messiiiiiiigooooooooooooooooooooooooooooooooooooooooooooooooooo ooool

Lloraba de emoción, gritaba como loca, ¡TERMINÓ EL PARTIDO, SOMOS CAMPEONES DEL MUNDO!

Ahí hable a solas con mi abuelo. Contaba la fiesta que era San Antonio, nunca se había visto algo igual. ¡Lloraba el viejo! No podía parar. ¡Quiero que vuelva pronto la t.v. para que veamos juntos la repetición del gol! Grabalo en un cede vos que sabés y lo veo mil veces...

Yo también lloraba. Tres días después el vecino me contó que mi abuelo empeoró, se agitaba mucho al respirar, estaba como apagado. Esa noche por radio estuvo más dulce que de costumbre conmigo, como despidiéndose. "Gracias por ser la mejor nieta del mundo... que la Virgencita del Milagro y San Antonio te bendigan..." yo contuve la lágrimas... "pero que San Antonio se porte bien con el novio que te consiga o lo reviento", me dijo riendo.

Desde esa madrugada mi abuelo descansa en paz. No hay nada más horrible que un velorio relatado por radio, pero recién dos semanas después se abrió el camino y pude ir a despedirme al cementerio. Junto con la electricidad llegaron las noticias y las ganas de la gente de matarme. Sólo el vecino lo entendió, y me llevó escondida en el baúl del auto hasta las afueras, y de ahí a Salta. "No vuelvas por un buen tiempo", me dijo con una sonrisa triste.

-¿Usted qué hubiera hecho, señor periodista? Era la frase que terminaba la entrevista.

Y yo no sé qué hubiera hecho, le respondí. Pero sé que quizá ahora querés un café o una cerveza...

***

CAFÉ

Apago el cuarto cigarrillo de los últimos quince minutos, bastante nervioso. ¿Vendrá? Se preguntaba mientras pensaba que ya había perdido sentido el haberse puesto perfume, pero al menos intercalaba cada cigarrillo con una pastilla de menta fuerte, como si cambiara en algo su aliento a tabaco y nicotina.

-¡Volviste a fumar!, le reprochó ella.
- ¡Viniste! Le exclamó él, tratando de simular su exaltación.
-Sí, porque tengo palabra. Pero no significa nada, dijo ella. Un café es sólo un café.
- después de que pruebes esta variedad, mezcla de granos colombianos, brasileros y salvadoreños, no vas a decir lo mismo. – En su mirada se le escapó un gesto de suficiencia-.

Subieron juntos al departamento, mínimamente ordenado para el encuentro. El café realmente estaba exquisito. Él buscaba cualquier excusa para rozar sus manos. Se levantó a la cocina a buscar unas masitas y al volver se sentó bien pegado a ella.

-Sé a dónde vas. No.
-No sé de qué hablás.
- Ajam…
-¡En serio!
-¡No!
-Bueno, bueno.
-Ya terminé el café…
-Podés tomar otro si querés, dijo dolido.
-No, está bien. Está riquísimo pero ya sabés, la acidez… una ya no tiene veinte años.
-Pero aún vivimos, amamos, besamos… y vos…
-Y yo llevó 28 años de casada, completó.
-Pero seguís viniendo por el café.
-Sólo vengo porque tengo palabra.
- Una promesa no importa tanto si no fue hecha a una persona amada…

- Yo amo a mi esposo. Y mi entereza no me deja romper una promesa por dolorosa que sea.

-Bueno… pero podés llamarme, o… o visitarme… si en que en menos de siete años vos… digo, no sé…

-En siete años nos vemos. Sólo café. Sólo la promesa, ya conocés el sistema.

-Pero.. quizá… no tendría problemas en hacerle el amor a una viuda…

-¡Callate!

-Pero seamos realistas, te lleva unos cuantos años y fuma más que yo…

-¡Callate! ¡Ni pienso en eso! ¡Menos le busco un suplente a mi esposo!

-¿Pero me vas a llamar cuando muera?

-Quizá para cuando él muera, vos ya me olvidaste… o la vejez me sacó de tu cabeza… o me recordás pero ya tu cuerpo está marchito y no…

-¡Callate vos ahora!

-¿Ves que es mejor cumplir la promesa en silencio? ¡Resignate!

-¡Nunca!

-¿Para qué lo habré prometido?

-Recién van 4.

-Ya sé. No esperaba que veintiocho años después siguieras exigiéndolo.

-Vos dijiste bien, promesas son promesas. Y me prometí que serías mía.

-Sabés que no es así.

-Seguiré intentando.

-Comenzá tu vida de nuevo. Olvidame. Te prometí los siete cafés cada siete años como la más absurda forma de no decirte "Nunca más". Fue por lástima

-No importa. Me aferraré a cada gota de café porque son mis últimas gotas de vida.

Encendió el quinto cigarrillo de la última hora y media y la acompañó hasta el ascensor.***

LA PROFESORA DE CANTO

Caminando por el centro de la ciudad, repleto de gente un rostro lo dejó perplejo, era la chica más hermosa que veía en años. Sentía que la sangre volvía a circular por sus venas después de mucho tiempo en los que el hastío y el aburrimiento hacían estragos en su cabeza y en su corazón.

Ella repartía folletos y él pensó que sería una buena excusa para acercarse. "Clases de canto", decía el papel. Ya nervioso y sin saber qué hacía le preguntó: - ¿Conocés al profesor? ¿Es bueno?

y ella le contestó: -Profesora, soy yo. No me alcanza para que otro reparta los folletos.él le sonrió y en el instante le dijo que estaba interesado, que era pésimo pero pensaba poner todo su empeño en cambiar la situación. Concertaron el primer encuentro. Esa mañana no daba más de los nervios, había dormido poco y entrecortado.

Su esposa le preguntó si le pasaba algo y Juan Martín respondió con evasivas: -Es sólo la ansiedad de empezar canto", le dijo, a lo que ella le retrucó: - ¡Qué raro te pegó la crisis de los 40!. La profesora tiene una voz increíble, le produce una fuerte mezcla de sensaciones, tan dulce y sensual, firme y tierna, angelical y lujuriosa a la vez. por momentos se reía sólo... "Eso me parece a mí, ¿Su voz será realmente todo eso?".

Al tercer encuentro ya pensaba en cómo pedir el divorcio. Al décimo la profesora lo felicitaba por sus avances. Pero nada pasaba con ellas, nada terminaba con una, nada empezaba con otra.

Así pasaron dos años en los que se convirtió en un gran cantante... pero nunca le contó a ella la razón por la que había empezado las clases.

la música lo había sacado del tedio, las audiciones y los conciertos con otros alumnos, pero su matrimonio seguía siendo un desastre.

Casi sin notarlo estaba más flaco, mejor vestido, sin esa pelusa horrible donde iría la barba... y su esposa también se ponía más linda sin que aún pudiera notarlo.

Una noche se descubrió escribiendo, luego componiendo una

hermosa canción de amor, con una gran poesía que conmovía el corazón más duro.

En una distracción, con lágrimas en los ojos, su esposa le agradecía esa letra tan hermosa. Ella también sentía que los últimos tres años habían sido un infierno, que estaban a tiempo pero que algo debía cambiar. Le confesó que, a escondidas, había tomado clases de canto y de guitarra con un profesor que le había movido el piso... y ahí mismo, en un concierto de un sólo espectador, le cantó una hermosa y dulce canción que ella misma había escrito. Ambos lloraron, rieron y luego hicieron el amor como nunca en mucho tiempo

Juan martín se sentía muy mal. Ahora le debía una canción a su esposa. O a la profesora. O a ambas... ¿Cómo podría saberlo?

Escribió dos canciones, obras maestras de poesía y voz. Su esposa le agregó música y ya era 3 las nuevas canciones. El matrimonio mejoró considerablemente con el proyecto de dúo musical. Él cada tanto recordaba a su profesora, pero espantaba esos pensamientos como quien espanta una mosca. Ya no la necesitaba. Era feliz con su rol de esposo y cantante exitoso. Ella era feliz en el de esposa, guitarrista y corista de un gran matrimonio musical. los dos volvieron a ser felices; y se sucedieron las poesías que devenían en canciones, dedicadas al amor, a los hijos y a los nietos... Una sonora carcajada mental le salía a Juan Martín cada vez que pensaba que "La profesora de canto" era la canción que más fama consiguió y que más dinero les dejó en su ascendente carrera.

.

Y la profesora de canto también tuvo un rumbo feliz, cantando a lo largo y ancho del mundo, siempre con su compañero sonriéndole en primera fila, el mismo que amaba su ser y su voz desde mucho antes que ella diera clases de canto.

María Cristina Resca
Argentina

María Cristina Resca es poeta y escritora, chaqueña, reside en la ciudad de Resistencia. Utiliza el seudónimo de Mariesca para publicar.

Es miembro de la comisión directiva de SADE, seccional Chaco.

Participó en las Antologías 2012- 2013 – 2014- 2015 y 2016 de SADE. En la antología Sendero de las letras y Noches sin soledad 2013. Este año, 2017, participa por tercera vez en la Antología del Instituto de Cultura Latinoamericano habiendo obtenido Mención de honor en las tres oportunidades. En Audiolibro, del mismo Instituto, obtuvo el primer premio En Poesía, en abril de 2017.

Tiene publicado, hasta la actualidad, seis libros, dos poemarios, el primero, Poemas al viento, editado en 2012. Apasionada, editado en 2014, de corte erótico. ¡¡¡ Hola !!!, sobre reflexiones de vida en 2015. Caminando relatos, relatos breves 2016 y Fuego en el alma, poemario recientemente publicado y el presente, segundo de reflexiones titulado "Desde el alma".

Tiene nueve páginas : Mariesca poeta; Flashes de vida; Pasión y Erotismo; Desafíos del Amor es poesía; Amor, siempre amor; Reflexionar ayuda; Cambalache; Desafíos del amor es poesía; Hoy cocinamos, de recetas de cocina. Además tiene tres grupos propios; El amor es Poesía, Amemos la vida y Conozcamos el Chaco.

En 2016 fue Nombrada "Directora Ejecutiva" y Miembro de CONLEAM (Confederación Latinoamericana de Escritores, Artistas y Poetas del Mundo).

Es miembro activo de más de doscientos grupos de poesías.

Regularmente asiste a encuentros de Escritores y Poetas que se realizan en diferentes ciudades del país. En la Feria del Libro en Bs. As. Presentó Apasionada en 2014, en 2015 ¡¡¡ Hola !!!, 2016 Caminando relatos.

En Facebook se la encuentra como María Cristina Resca y Cristina Resca II. E Mail: honey4@hotmail.es
Tweeter @ Mariesca
Instagram maríaresca

SOY...

Soy la sombra
que persigue
el rumbo
de mis sueños.
El rayo de luz
que atraviesa
las tinieblas.
El calor que derrite
los témpanos
que te esconden.
La luna indiscreta
que entra a tu cuarto
y se recuesta en tu lecho.
La primera brisa
que acaricia tu pelo.
La gota de rocío,
que curiosa,
se desliza en tu ventana.
Incansable y siempre allí,
soy tu compañera,
la que siempre está,
aunque tú,
nunca me veas.

Mariesca

SON MIS OJOS

Son mis ojos
que escudriñan tu alma,
los que ven
lo que no muestras.
Son mis ojos
que navegan el río
de tus venas
y ven tu sangre alborotada.
Son mis ojos
que saben perderse
en tu mirada
y conversa en silencio
de ese amor callado.
Son mis ojos
que se encienden al mirarte
y se recuestan
en el oasis de tu cuerpo.
Son mis ojos
que no saben de mentiras,
los que a cada instante
te hablan de mi amor.
Mariesca

ME DISTE TANTO

Me diste tu tiempo
yo te di el mío...
Me diste un espacio
que los dos ocupamos...
Me entregaste tus sueños
yo te traje los míos...
Me diste confianza
y yo confié en nosotros...
Me regalaste esperanza
y yo aprendí a sentir...
Me obsequiaste un cielo
y los dos subimos a él...
Me cubriste de besos,
me abrigaste en tus brazos,
compartimos espacios,
los llenamos de amor.
Tanto me has dado,
que ya no sé cómo hacer
para darte mucho más,
de lo mucho que te doy.

Mariesca

SI FUE...

Si mi error
te ha lastimado,
te pido disculpas.
Si mi amor
te regaló mil sonrisas
y fuiste dueño
de todas mis caricias...
Si mi error fue quererte
y no pudiste entender,
entonces no me disculpes,
discúlpate a ti,
por ciego y necio,
por haber dejado
que la vida te pase
sin poderla sentir.
No es mi culpa
la terquedad de tu alma
y si no intentas cambiar,
perderás más amores
que intenten salvarte.
Abre los ojos,
no cierres el alma,
que la vida es corta
y el tiempo no espera...

Mariesca

RECORDARÉ

Déjame que esta noche
te recuerde...
tal como eras
cuando nos conocimos,
tus bellas palabras,
tu tierna mirada,
tu abrazo apretado
no queriendo soltarme...
esa suave caricia
temiendo dañarme...
Así quiero recordarte,
en los abundantes
y buenos momentos...
Prometo no pensar
el daño que me hiciste,
porque ya todo pasó
y nunca podré entender.
Prometo no esperar
nada de ti...
ya que mi vida cambió
y tú seguirás siendo
todo un misterio
el resto de mi vida...
te recordaré...
solo lo bueno,
lo demás...
lo demás ya no me importa.

Mariesca

PLACER EXTREMO

Mi cuerpo vibró
con tu misma sinfonía
cuando en mis adentros
derramaste tu pasión.
Se estremeció en las pausas
estallando en los acordes finales.
Fuimos dos amantes
envueltos en un orgasmo
constante...
dos fuegos calcinando las pieles...
besos lujuriosos marcando senderos,
despertando los ocultos placeres.
Una historia real
de entrega y pasión...
el cielo convertido en infierno
consumiendo los alientos
de los jadeos sin final...
hasta dejarnos vacíos de ganas,
para juntar los deseos
y volverlos eternos.

Mariesca

TODO O NADA PUDO SER...

Quizás fue el tiempo
que se llevó la luz
que a los dos deslumbró...
o fueron los deseos
saciados en demasía...
o el cansancio
que nos borró la sonrisa...
pudo ser el hastío
de sabernos seguros
y se llevó la magia
que un día nos unió...
y si fuimos dos cobardes
escapando de las rejas
donde el amor nos encerró?...
todo o nada pudo ser,
solo fue el destino
cumpliendo su cometido,
y tal vez, ni tú ni yo,
pudimos escapar.

Mariesca

EN EL SEGUNDO FINAL...

Mis manos ansiosas
se deslizaron por su cuerpo...
desnudo yacía
justo a mi lado.
Las sábanas cubrían
su hermosa desnudez,
me recosté a su lado
incitando su piel con la mía...
iniciamos una danza
sensual y excitante,
sus piernas se enredaron
en mi cuerpo...
cada instante la lujuria
jugaba su mejor papel...
en el segundo final,
cuando liberamos nuestros fuegos,
y derramamos la lava que nos consumía...
en ese preciso instante, desperté,
la humedad de mis piernas me decían
que allí estuviste,
y mis ansias, ya calmas,
así lo creyeron.

Mariesca

ENTREGA TOTAL

Siento que me diluyo
en la humedad
de tus besos.
Soy parte de tus ardientes
deseos,
soy el grito silente
de cada parte de mi cuerpo.
Me enseñaste que el sexo
es solo eso,
cuando no media el amor,
que el cuerpo diferencia
entre la entrega y la fuerza.
No hay mejor forma
de sentir el amor,
cuando ambos nos entregamos
sin vergüenza...
sin reparos...
Somos libres del disfrute,
este goce que no siempre
se logra conseguir.

Mariesca

LUCES DE LA CIUDAD

Luces que se encienden
cuando la noche comienza,
luces que brillan,
titilan, hasta parpadean,
son las que maquillan
el rostro oculto de la ciudad.
Coquetas sonrisas,
algunas de alegres colores,
otras opacas, por el paso
del tiempo,
pero ellas siempre están.
Para iluminar la noche
y mostrarte el camino.
Luces intermitentes, indiscretas,
a veces agotadas,
de tanto alumbrar,
danzan en la cálida oscuridad
y lloran cuando la lluvia cae.
Luces grandes, luces pequeñas,
eternas testigos de amores furtivos,
de sueños desiertos,
de llantos silenciosos,
de alegrías intrusas
y de penas muy grandes.
Siempre están para iluminar las calles
y pierden intensidad
cuando el sol asoma,
duermen serenas
para volver al atardecer.

Mariesca

Dante Scarpone

Argentina

Dante Scarpone nació el 12 de junio de 1989 en Rosario (Argentina), en el seno de una familia de clase media. A los pocos años se mudó a la ciudad vecina de Funes, donde vive actualmente. Siempre disfrutó mucho pasar el tiempo escuchando discos y leyendo libros. A los 17 años comenzó a estudiar piano con profesores particulares, desarrollando la técnica, y a los 21, comenzó a entender el hecho de que ésta es una herramienta que ayuda a embellecer el arte, a perfeccionar el mensaje, pero que el mensaje se aprende en otro lado. Al mismo tempo logró alcanzar su sueño de la adolescencia, vivir por y para la música.

Desde pequeño se sintió muy seducido por la literatura, desarrollando el rol de lector y animándose al de escritor. Sus lápices fueron usados principalmente para escribir canciones, pero en no pocas ocasiones dedicó su pluma a los poemas y a los cuentos cortos. La relación que él siente entre la música y la literatura es tan grande que muchas veces se olvida de los límites, creyendo que escribir un cuento o una canción es prácticamente lo mismo.

Desde 2009 comenzó a tocar en vivo con distintas agrupaciones. Hasta el 2012 formó parte de una banda de rock experimental llamada "Los cuentos de la buena Pipa" tocando el sintetizador, con la cuál grabó 2 discos. En 2013 comenzó a dar clases particulares de piano en Funes y sus alrededores, actividad que mantiene hoy día. En 2015 grabó un EP de 4 canciones con su dúo de jazz y boleros llamado "Té de Tilo", cumpliendo el rol de pianista, y en 2016 sacó a la venta su primer disco de estudio con su banda de rock llamada "El egotismo de Nildo", desarrollándose como letrista, cantante y tecladista.

Actualmente está terminando de grabar su primer disco solista titulado "Normal", donde vuelca de manera inocente y caprichosa, todo su conocimiento pianístico, literario, de síntesis y producción musical, obteniendo una gran variedad de colores y matices en sus canciones.

VIAJES DE MI MENTE

El comienzo de esta historia sucede cuando los personajes Eliseo Mistura y Godina, misteriosamente coinciden tiempo y espacio, se conocen, se divierten, se conectan, dan un salto a ciegas y caen en un barco, en el cuál empiezan a viajar.

Éste resultó hermoso e intenso. Descubrieron nuevos paisajes, nuevas formas de vida, compartieron pensamientos, anécdotas, risas, lágrimas, alegrías y dolores. La diversión y fluidez reinaban en ese barco. Varias noches se acostaban en la cubierta y jugaban con las estrellas, las subían y bajaban, las agrupaban y separaban, dibujaban en el cielo con ellas, sintiéndose dioses. Disfrutaban mucho el tiempo juntos.

Después de un tiempo de viaje, una tormenta cambió el viento y les abrió los ojos. Les hizo darse cuenta cuan alejados estaban de la orilla, de la protección del suelo firme, de lo conocido. Esto revivió viejos fantasmas, los de las malas experiencias, los de los miedos. Al sentirse asustados comenzaron, al igual que los animales, a atacarse y alejarse. En la oscuridad se ocultaban y protegían, y cuando se acercaban, discutían sin escucharse y terminaban siempre enojados. El amor construye y el miedo destruye.

Sin darse cuenta soltaron el timón, y se dispusieron a esperar que el tiempo decida, dejando libre el rumbo del barco, danzando al ritmo de la marea. A partir de la tormenta, el viaje dejó de ser divertido.

Eliseo no estaba conforme con este último tramo del viaje, y pensaba que Godina tampoco, y que la razón era que habían dejado de ser sinceros, principalmente, consigo mismos. Entonces Eliseo decidió enfrentar sus propios miedos, preguntándose "¿A dónde estamos yendo? ¿A dónde quiero ir? ¿Realmente quiero ir con Godina? ¿Y Godina quiere ir conmigo? ¿A dónde quiere ir Godina?" Estas preguntas gobernaron su cabeza luego de la tormenta, generando hipótesis estúpidas y, en ocasiones, acciones estúpidas. Pero la verdadera pregunta que ignoraba, que no quería ver, que evitaba, era "¿a qué le temés?"

Luego de un tiempo encontró la respuesta, que ya la sabía, pero no quería ver. Eliseo había disfrutado mucho este viaje, se había llenado de ilusiones, de sueños, de apuestas, de esperanzas, y se estaban desmoronando poco a poco. Esto le generaba un profundo miedo a que las cosas le salgan mal otra vez, en perder el viaje y en perder por completo a Godina, por supuesto. Él estaba convencido de que junto con su compañera podrían darle la vuelta al mundo, pero no sabía si eso era lo que realmente quería Godina, si su felicidad estaba en ese barco.

La tarde siguiente Eliseo buscó a Godina, le comentó sus reflexiones, y le preguntó cuál era su deseo, para decidir pacíficamente, si debían o no continuar viajando juntos. Ella se mostró confundida, diciendo que no se había puesto a pensar en esas cosas como si lo había hecho él, y que no sabía bien lo que quería. Sin llegar a un acuerdo en palabras, pero sí en gestos y silencios, se saludaron y Eliseo salió del camarote relajado, en paz, sonriente y con una nueva decisión. La vida volvió a ser divertida.

Con renovadas fuerzas, Eliseo tomó sus cosas y se dispuso a abandonar el barco. Pero antes de partir, pasó por la puerta del camarote de Godina, respiró profundamente y le dejó esta pequeña carta.

Querida Godina,

Muchas gracias por haber hecho este viaje conmigo, lo disfruté muchísimo y creo que vos también. Con seguridad sólo sé que te quiero mucho, que quiero que seas feliz y, aunque me duela, que este viaje llegó a su fin. Quizás mañana hagamos otro viaje, o la semana que viene, o en cien años.

En este último tiempo fui testigo de lo mucho que puede hacer vibrar una gotita de agua a un inmenso y estructurado iceberg, y de lo cariñosa que puede llegar a ser una lágrima. Finalmente creo haber entendido el sentido del arte, de mi vida, de mi arte, que es viajar.

Te recomiendo que tomes al viaje como lo que fue, un cuento. Los por qué, las filosofías, la manera en que sucedieron las cosas son los misterios de la vida, lo que la hacen tan divertida e impredecible.

Quiero que sepas que te considero una persona increíble y muy especial. Sé muy bien que hoy por hoy tenés un árbol que a veces tapa tu propio bosque, y te enreda en el mismo. Tuve la suerte de caminar por ese bosque, de contemplarlo, de fascinarme y de enamorarme. Con el tiempo y con otros viajes vas a aprender a descubrirlo y a amarlo como yo lo hice. Está de más decir que si algún día necesitas hablar, reírte o discutir con alguien, compartir mates o lágrimas, que te abracen o cuiden el sueño, podés contar conmigo.

Y como dijo Truman, "si no nos volvemos a ver, buenos días, buenas tardes y buenas noches".

Sinceramente,   Eliseo Mistura

Ester Vida

Argentina

ESTER VIDA

BIOGRAFIA

Nacida en Luján de Cuyo, Mendoza, el 2 de octubre. Lic. en Psicología y docente de enseñanza media jubilada.

En el cargo de Subsecretaria de Cultura y Educación, de la Municipalidad de Luján de Cuyo (diciembre de 1987 a diciembre de 1999) creó y organizó doce "Encuentros Nacional e Internacional de Escritores" Ha sido varios años Jurado de certamen literario de Luján y del concurso de vendimia de la Provincia.

En 1998 asistió a un Simposio de Literatura Latinoamericana, en la ciudad de Madrid, España.

En el año 2013 se incorpora al grupo literario "La trampa"-

Ha sido premiada en varios concursos de poesía como: en Junín de Buenos Aires, SADE Baradero, SALAC en Córdoba, Quequén de Buenos Aires.

Sus obras han sido publicadas en el diario Los Andes (Mendoza).

De la organización mundial "MUSEO DE LA PALABRA" desde España, ha sido nominada Embajadora de la palabra, para realizar actividades a favor de la humanidad y de la Paz.

Seleccionada por sus obras, forma parte junto a escritores de distintos lugares del mundo de las siguientes Antologías: "150 POEMAS EN HOMENAJE A ANTONIO MACHADO" (España), "GRITO DE MUJER" (Rca. Dominicana) , "ANTOLOGÍA CONCURSO JOAQUÍN V. GONZALEZ" (Argentina), "LA METÁFORA INCOMPLETA" Antología Homenaje Roberto Juarroz, (Argentina), "ANTOLOGÍA

TELLUS, FEBO, VENUS" Editorial DUNKEN (Argentina), "EL LUGAR DE LA AUSENCIA" Antología homenaje a Alejandra Pizarnik" (Argentina), "VERSOS DESDE EL CORAZÓN" (España), "LETRAS DE VINO Y PIEDRA" Selección de Escritores Mendocinos (Argentina), "SELECCIÓN DE PENSAMIENTOS BREVES" (Argentina), Antología virtual de poetas del mundo por la paz en "POETAS POR PALESTINA" (España), "Literaria del CEN" 2015, "Arte literario 2016",en "ANTOLOGÍA FEDERAL DE POESÍA" Región Cuyo Andino,(CFI) , poemas breves en "Expreso literario 2015" Mendoza y otras antologías de Mendoza.

Es invitada por docentes de Lengua en enseñanza secundaria, para realizar talleres literarios con los alumnos, leer sus obras y de autores mendocinos.

En colores

"*La poesía*

es el eco del pensamiento

es salvar la palabra de la ausencia

es la danza en armonía de los versos."

ROJO

amor

vida

NO ES UTOPÍA

En el arcano paisaje
obra el milagro del nacimiento,
en el baúl de sensaciones de ébano
acaricia mariposas, salidas de la galera
ama los propios sueños
que se ovillan en la luz
defiende como un eco
el derecho a volver a empezar.
El capullo opresor
cede al tiempo cercano,
la belleza se acumula en las alas
para volar lejos de los temores.
Danza en la vereda de los motivos
en la bulla de los almanaques
abre las ventanas de otros gritos
suelta los amargos momentos como cenizas al viento.
Vuela ahora mariposa
busca la luz de la vida
en la memoria de los cielos.

CAE LA LLUVIA

Esa lluvia
rasga las miradas
se desliza en los vidrios
y cae agotada al suelo,
por las calles
corren mujeres y hombres
dejan sus placeres
necesitan cobijarse.
Y ella persiste
rasga los pensamientos
inunda con tristeza
a los solos de la vida
desprotege a los vacíos con su poder.
Y persiste
desgarra los corazones
entre el amor y el odio
aprieta los dolores
acaricia el pulso
danza,
sucumbe y tienta a la búsqueda
las lágrimas ciegan los ojos
y estremecen las emociones.
Esa lluvia...
sigue en su andar.

EN LA TRASTIENDA DE LA MEMORIA

Mirar el tiempo en los recuerdos
 que ovilla la tejedora del alma,
entrega hebras perdidas
para despertar el cuento del sueño.

La palabra es una puntada
que la anciana descubre
y la teje entre los árboles,
en la profundidad del río
en la historia de la memoria.

Los hilos ancestrales
crearon fantasías maleables
en la herencia de las mujeres
de abuelas y nietas
según cuenta la historia.

LA CIUDAD VACÍA

Camino la ciudad cubierta de ruidos
arrastro mis lánguidos pensamientos
 en el corredor de la niebla
busco escuchar tus palabras,
nos tenemos que contar secretos,
en el café de siempre, ese el de los sueños
donde dejamos las ilusiones
sin turno de espera,
mis pasos lentos no me dejan llegar
las luces van encendiendo la fría noche
estoy ahí,
en la marquesina del café dice: cerrado.

EL TIEMPO (trascender)

Tiene el candado del reloj
que guarda la última llave
duerme entre jardines
y es como el aire encorvado de túneles.

Con la noche
caen los altos tallos
donde se apoya el día
aparece la oscuridad
dueña de sombras y miedos
colgados del último escalón.

Con el día
se pinta un incendio de cielo
y las aves desbandadas
buscan como adornos las luces,
con el sol se alejan los temores
y el aire suelta murmullos.

Es en la trama del paisaje
donde una a una
se acomodan las esferas del tiempo.

HOY DECIDÍ

Hoy salí
dejé adentro mis huellas
y pisé calles de colores grises y marrones.
Sonreí
y vi sonrisas en otros rostros
y lágrimas de angustia
y manos vacías
que se escondían.
Miré la gente
que andaba por todos lados
se pisaban sin verse
se hablaban sin escucharse
se observaban y respiraban,
y quise cambiar los colores
pintar risas
saludar con las manos
convertir en palabras las miradas
y al final
me di cuenta
que era yo quien caminaba diferente
y decidí disfrutar la vida.

EN TANTO EL MUNDO SE CONSTRUYE

Hubo un hombre
nacido de la piedra
que encontró el silencio
tomó las estrellas
y creó la laguna con brillos
arrojó los rayos
y pintó el día de colores
construyó la noche
y el paisaje se hizo de plata
abrió los ojos
para ver el camino sin zapatos
y con su voz
el viento tomó vuelo
y aparecieron las mariposas, las flores y las hojas
y en la tierra se amontonó la vida.

                                        AZUL
                                      del cielo
                                       la vida
                                  el aire y el agua
                             ASÍ LUCEN LAS CALLES
                              A Charly, Borges y Ceratti.

En la soledad de los lunes
aparece el miedo vestido de gris.
El torbellino se desvanece
y las miradas ausentes
buscan gente que está sola.
A la distancia
se unen las casas y los caminos
las almas duermen
refugiadas entre árboles.
Y la congoja
persigue en silencio
las azules calles
que lo despiden en la ciudad agitada.
El poeta no pinta el paisaje
los versos cuentan la historia
están abrumados de tristeza.

MISTERIOS DEL SER

Pertenecer
a la historia de lazos
con estrepitar de voces
la tierra es única
respira en los poros del relieve
anima el aire
y cultiva el ser.

Permanecer
con la astucia
del andar de los hombres
en los sueños,
en los deseos,
más allá . . . de la vida

SÓLO ESCRIBIR

I

En el blando lecho
de las fantasías
descubro el silencio.
La tarde se duerme
entre mis dedos
y los recuerdos
son tatuajes en mi piel.

II

En el rincón de los secretos
se dibuja el disfraz de poeta
como la repetición de un sueño
que tiene los ojos cerrados
en la tierra ausente de humanos.

III

La lámpara de pie
apagó la noche,
las mariposas
pasaron por mis ojos
y liberé la voz
del vuelo de los vientos
para sentir
que la vida arranca en suspiros.

Francisco Hernández Zamora

México

FRANCISCO HERNÁNDEZ ZAMORA (Chicontepec, Veracruz, México), se ha dedicado principalmente al periodismo. Ha colaborado en varios medios de comunicación, entre otros, en las revistas *Impacto* y *Nuestra Juventud* y en los periódicos *El Día*, *Excélsior* y *El Dictamen* de Veracruz; fue director-fundador de la Revista *Zona Norte*, de Veracruz. Es miembro de la Unión Estatal de Escritores Veracruzanos y de la Unión Hispanomundial de Escritores, con sede en la República del Perú y colabora en diferentes portales literarios de Latinoamérica. Le han publicado cuentos y poemas en antologías editadas en los Estados Unidos - **Xochiquetzal: historias de amor y algo más** y **Los 5 elementos**-, en Chile – **Todos somos agua**- y en España - **Universo de libros** -.

En esta Antología colabora con dos cuentos cortos - **El niño que atravesó la niebla** y **Un control demasiado remoto**- y dos micro-cuentos - **Historia de una lágrima** y **¿Qué soñaste mi amor?**-. Además, con cuatro poemas de amor, de los que se desprenden diversos matices de este sentimiento universal.

EL NIÑO QUE ATRAVESÓ LA NIEBLA

No importa que solo sea un puñado de lectores los que me hagan el favor de leer esta breve historia. Ruego y espero comprendan los motivos que me orillaron a escribirla, porque se trata de mi persona, pero, sin duda, el personaje principal es un niño. Además, creo que no puede quedar así nada más sin que alguien la conozca. Tengo que hacerlo en estos momentos en que puedo... o ya no lo haré nunca. No hace mucho cumplí los 25 años y... sabrá Dios cuántos días me resten de vida. "Hablar" con mi único ojo y hacer señas e incluso escribir con mi extremidad superior derecha es suficiente por ahora. Mis cinco dedos aún se deslizan ágiles en el teclado de la máquina que me han traído. Estoy en la cama 3 del cuarto 209 de un Hospital de Pachuca, Hidalgo, donde, desde hace un mes, estoy internado.

- "Cuídate mucho, hijo"- fueron las palabras que mi madre me dijo cuando el viernes 20 de enero de este año me disponía a viajar de Chicontepec a Huayacocotla, para retornar a mis labores como director de la escuela primaria de Monte Bendito, comunidad de 420 habitantes, situada a 2400 metros sobre el nivel del mar.

-"No te preocupes"- le respondí mientras nos despedíamos, ambos con los ojos humedecidos. Subí con mis dos maletas al autobús que me llevaría a aquella ciudad serrana. Eran las 2 con 30 minutos de la tarde.

Varios meses en casa -por primera vez en muchos años- había sido toda una oportunidad. Fue necesario que participara en el movimiento magisterial en contra de la Reforma Educativa; hacerlo en Chicontepec, mi propio pueblo y municipio, fue una suerte. Mis dirigentes sabían que no estaba en total desacuerdo con esa reforma. La consecuencia fue que me comisionaron a Chicontepec, mi tierra, para organizar las marchas de los profesores de educación primaria. Acordó el movimiento veracruzano reanudar clases el lunes 23, pero quise adelantarme desde el viernes, para convocar a los padres de familia y hacer una reunión con ellos antes; pensaba pedirles ayuda para varias actividades, como asear aulas y patios.

Huayacocotla se cierra de neblina por las tardes de todos los días del año. En época invernal, las 24 horas del día. Allá casi todo es subir y bajar por las montañas que le rodean y cruzar sus húmedos bosques. Las dispersas comunidades están rodeadas de pinos, abetos y otras coníferas.

Llegamos a esta pequeña ciudad alrededor de las 5 y media y de inmediato abordé una camioneta del servicio público, directo a Monte Bendito, que estaba en esos momentos bajo una llovizna menuda y totalmente envuelto en niebla.

No se veía nada a 8 metros de distancia. Algunas menguadas luces aquí y allá sugerían la ubicación de las casas. Me concentré en el camino borroso y húmedo para no caer. Gente en la calle, nada. Pero a él sí lo vi.

La escuela donde trabajo desde hace 3 años se encuentra en línea recta por la empedrada calle principal y a unas tres cuadras de la carretera estatal que acababa de dejar. Un herrumbroso cercado de alambre de púas rodea dos aulas y las oficinas de la Dirección. Sí, al él sí lo vi: ahí, a unos cuantos metros, frente al portón principal, estaba Abelito.

Con los zapatos y la ropa humedecidos por la llovizna, levanté la vista hacia donde estaba el niño quien fluctuaba entre los 5 y 6 años de edad. Lo conocía porque vive frente a la escuela. Forcé la vista para mirarlo: pantalón azul, camisa blanca, chamarrita café y el sombrero plastificado de color indefinido que siempre traía puesto. Desdibujado por la niebla, sé que me miraba con sus grandes ojos. Le hice un ademán a manera de saludo, pero Abelito no me vio, pues se quedó quieto, tímido como siempre, con su carita redonda y sus mejillas chapeadas. Quizá como respuesta, creo que parpadeó en dos ocasiones, mientras yo escuchaba el balido opaco de algunos borregos, que seguramente el niño cuidaba. Me volví nuevamente hacia el portón de la escuela y entré. Las oficinas de la Dirección están frente a la entrada principal y ahí tenía que llegar para dejar la mayor parte de mis pertenencias.

En el corredor me detuve, bajé las maletas y me sacudí un poco la humedad en mi rostro y mi ropa. Entonces me di cuenta que los cristales de los dos enormes ventanales estaban semi destrozados. Me asomé a un hueco que quedaba de uno de ellos, cuidándome de los amenazantes vidrios que apuntaban al centro como estalactitas y estalagmitas. Dentro, el espectáculo era peor: dos libreros y una vitrina yacían en el piso con todos los cristales rotos y bajo la ventana por la que me asomaba, cuatro rollos de alambre de púas que habían sido obsequio de la misma comunidad, y con los que se cercaría el perímetro de la escuela.

Me busqué en el pantalón las llaves para poder abrir la puerta. Nada. Abrí ambas maletas y nada. Las había olvidado.

Sin pensarlo más decidí a entrar; terminé de destruir los vidrios de la parte baja del ventanal, para facilitarme la entrada. Una vez medio cuerpo dentro tendría que colocar mis pies sobre alguno de los rollos de alambre, que por cierto estaban también bañados de cortantes cristales.

La humedad de mis zapatos, la falta de habilidad, mi imprudencia o todo junto, me hizo caer dentro. Fue terrible. Doloroso. El golpe seco, el manoteo tratando de asirme a algo… todo en unos segundos mientras sentía cómo se me clavaban decenas de vidrios por todo cuerpo, incluyendo a varias "estalactitas".

Sin conocer aún la gravedad de mis heridas, segundos después de la caída comencé a reaccionar débilmente. Un gemido salió de mi garganta. Sentí un dolor agudo recorrer todo mi ensangrentado cuerpo. Comprobé que tenía un cristal clavado en mi ojo izquierdo y otros en el cuello y en el pecho. Miré mis brazos y piernas ensangrentadas. Traté de moverme y lo hice con tanta dificultad que tardé algunos minutos en poder arrastrarme dos metros, alcanzar el pestillo de la puerta principal y abrirla. Con mi ojo sano, miré hacia el patio, hacia el portón. La niebla seguía igual de espesa… o aún más que antes. Buscaba a Abelito.

Apenas veía parte de la calle, pero alcancé a vislumbrar una figura gris dibujada entre la niebla blanca, a lo lejos. No había duda que era él, pero… ¿cómo llamarle, cómo gritarle? Algunos sonidos habrán salido de mi garganta, pero nada más. De pronto, no sé si lo vi más cerca o era la niebla que se dispersaba un poco. Estaba quieto como cuando llegué; me pareció que miraba hacia el portón, hacia la oficina donde estaba yo tirado, medio cuerpo fuera de la puerta.

Sentí cómo pasaban los segundos sin que pudiera escuchar nada más que mis propios y débiles gemidos. Logré levantar la cabeza y miré hacia donde estaba el niño: seguía estático, desesperadamente quieto… mientras yo sentía desvanecerme. Me fue imposible mover después la cabeza y mi ojo izquierdo se cerró, mientras algunas gotas de sangre escurrían ya por el derecho. Tirado en el suelo casi sin poder moverme, en medio de los punzantes dolores, hice nuevo esfuerzo por mirar hacia Abelito y logré ver que daba un paso hacia mí. La niebla se cerraba más… o mi ojo derecho ya no respondía.

No le quité mi empañada vista de encima y entonces logré captar que el niño comenzó a caminar y que con mucha lentitud atravesó la niebla, llegó al portón y dio unos cuantos pasos más, patio adentro. Desde mi lecho helado, bañado en sangre, casi sin sentido y quizá con una mueca como sonrisa, lo miré: su carita redonda, sus mejillas chapeadas, su pequeño sombrero, el color sin color de su ropa y sus grandes ojos mirándome, como un pequeño fantasma en medio de la semioscuridad de la niebla. No supe más.

Me enteraron días después que Abelito corrió a comunicar a sus padres lo que había visto, y fue así como lograron auxiliarme. Y, también, que un par de vándalos de una comunidad vecina habían entrado a robar a la escuela dos días antes de que yo llegara. Solo se llevaron una impresora y dejaron todo lo demás destruido.

Detalles de mis lesiones no vienen al caso. Lo más grave, según sé indirectamente -a mí no me dicen nada- son las lesiones en el corazón y otros órganos vitales. Sé que es difícil que me recupere y que, dentro de muy poco, ya no tenga nada que hacer en este mundo.

Adivino en los ojos, en el trato y en la forma en cómo me habla mi madre, mis demás familiares y amigos que ya no habrá mucho que hacer por mí. He recibido la visita de padres de familia y alumnos... y me trajeron a Abelito, al que pude abrazar y darle un beso en la mejilla. Todos han estado pendientes de las tres operaciones que se me han practicado. Pero poco me dicen en realidad. Por eso quise relatar esta parte de mi vida, la última... seguramente la última.

Pero me llevo una imagen: la del pequeño Abelito que logró vencer su timidez; la del niño que atravesó la niebla para ayudarme. La del pequeño por quien aún tengo vida. Así se haya prolongado sólo un mes más, no me importa.

He reflexionado sobre mí y mi breve paso por este mundo y -como nunca- he recibido el abrazo amoroso de todos mis familiares y amigos. Además logré escribir esto para que alguien lo lea. Y ya, con eso... ya con eso me basta.

.-.

UN CONTROL DEMASIADO REMOTO

Su ancestral escepticismo no le permitía a Jonás Jiménez celebrar la navidad ni otras fechas religiosas o tradicionales y menos creer en cosas extraordinarias. Así había sido siempre... hasta que llegaron las 6 de la tarde del 24 de diciembre del año 2005. A esa hora alguien tocó el timbre del departamento en que vivía, solo y su soltería, en la zona centro de la Ciudad de México. Nadie había cuando abrió la puerta, pero bajó la vista y miró un pequeño paquete en el piso. Jiménez, un responsable y eficiente empleado de mediana categoría en una fábrica de telas de la ciudad, de 34 años de edad; larguirucho, introvertido, ojos pardos de mirada serena, sólo contaba con un par de amigos en el trabajo y otro par en el edificio de la calle Altamirano 14, donde había logrado comprar -en base a sus ahorros de 9 años- el pequeño departamento. Retiró un moño dorado que venía en el centro de la caja y la abrió; al principio su rostro mostró extrañeza, pero después sonrió. Sobre todo cuando leyó el nombre del remitente, escrito con una hermosa letra script en la tarjeta adjunta al regalo: un control remoto color plata de algún hipotético aparato electrónico; doce botones de diversos colores y uno de color azul en la parte central. Al lado de ellos, leyendas en idioma o signos desconocidos. Miró la fecha: 24 de diciembre/Año 2005.

-"¿Fecha de hoy? De parte de... ¿tu abuelo David? ¡Qué clase de broma! Pero este aparato se ve muy... es real", pensó mientras observaba con detenimiento el control remoto, que en ese momento lanzaba destellos brillantes a pesar de la mortecina luz que aún entraba por la ventana que daba a la calle. Se acomodó en el mullido y único sillón de la sala, frente al televisor y -casi por instinto- dirigió el control hacia el aparato, pulsando el botón azul. El televisor siguió igual... pero entre éste y Jonás Jiménez se interpuso al instante una especie de esfera de luz del tamaño del propio televisor. Sorprendido, posó la mirada, en lo que tenía enfrente, mientras la imagen de su abuelo David se le venía nítida a la mente: aquel rostro envejecido, pero sonriente dándole ánimos para seguir estudiando lo que fuera y donde fuera.

"Y recuerda que yo trataré de estar cerca de ti, que en algo he de ayudarte... no sé qué hay más allá de la muerte. Mi intuición me dice que hay algo y podré comunicarme con este mundo, con ustedes y especialmente contigo, hijo", le había dicho.

Ese tema fue constante en sus charlas de los últimos años, en Morelia, Michoacán, donde la mamá de Jonás estaba al cuidado del abuelo. En realidad, el nieto siempre coincidió en las ideas de don David, a quien sólo vio con vida cuatro veces en los últimos dos años; siete meses atrás había fallecido a los 82 años de edad. Recordó que la tarde del sepelio cayó una suave llovizna y que en su mano izquierda mantuvo siempre apretada la hoja de papel donde su abuelo había logrado escribir unas letras para él: "Lo intentaré: tu abuelo".

-"Me llamó una noche antes de morir y me dijo que te lo diera tan pronto llegaras", le dijo su mamá. – "Sé que son cosas tuyas y de tu abuelo, pero si me quieres decir..." quiso remachar ella.

-"Sí madre, eran cosas de nosotros... no tienen mayor importancia", cortó él mientras observaba cómo algunas personas terminaban de trabajar sobre el sepulcro.

Interrumpió sus propios pensamientos porque la esfera comenzó a cambiar de color y a realizar ligeros movimientos circulares. Por momentos parecía dirigirse a Jiménez, quien continuaba sentado en el sillón sin poder mover un músculo. Tal vez pasaron tres minutos más... él nunca lo supo porque el tiempo era inexistente y en esos momentos su mente no sabía ya qué pensar. De pronto escuchó un suave, pero extraño sonido: como si una pompa de jabón explotara en medio de chispazos eléctricos, mientras en el centro de la esfera comenzaba a formarse una figura oscura, mejor dicho un rostro humano.

Nada distinguió y nada pudo definir de ese rostro, porque era como un dibujo hecho con plumón negro. Logró ver, sin embargo, cómo la esfera entraba en una especie de convulsiones mientras el rostro se volvía solo un punto negro. Luego desapareció de su vista. Desconcertado, aturdido, Jonás Jiménez quedó como desmayado en su sillón por un tiempo indefinido. Lo despertó el estridente ruido de cláxones que hicieron decenas de autos que en caravana pasaron frente al edificio. Miró hacia la ventana y captó con claridad las luces multicolores propias de las fiestas decembrinas.

Se levantó y caminó unos minutos por el departamento pensando en su abuelo. ¿Y el control remoto?, recordó. Caminó hacia el sillón... no estaba. Su sexto sentido le dijo que ya no tenía que buscarlo, que ya no estaba en la habitación. ¿Qué pasó aquí?, se preguntó. Volvió a acercarse a la ventana y la luz de la ciudad bañó su rostro, ya más sereno. Clavó la mirada en lo oscuro del cielo y pensó en una remota posibilidad y en el recado que le dejó su abuelo antes de morir... y recordó aquella última frase repitiéndola para sí, al tiempo que sonreía con cierta tristeza... "Lo intentaré: tu abuelo".

.-.

LA HISTORIA DE UNA LÁGRIMA

Sé que interrumpo tus risas. Sé que distraigo tus pensamientos. Y que tal vez no quieras leer, ni saber nada que no se trate de ti. Y sin embargo no me puedo resistir a contarte la historia de mi vida. Perdóname, pero comenzaré por decirte que soy como una gota de lluvia. Que hace unos segundos me formé, emergiendo de un grande y cálido lago. Sentí en mí una presión especial, como un abrazo; le siguió un ligero temblor y salí a la superficie, aferrada a una pestaña. Entonces la luz atravesó mi pequeño cuerpo. No resistí mucho y segundos después caí en una mejilla... de mujer. Resbalé y acabé en la tierra. No sé qué pasará ahora y no sé si pueda seguirte relatando la historia de mi vida. Mi cuerpecito es cada vez más delgado, como disperso. Y me arrastro tratando de asirme a algo, pero me faltan fuerzas y me hundo. No sé a dónde iré... ¿tú lo sabes?

.¯.

¿QUÉ SOÑASTE MI AMOR?

Cuentan que una tarde de abril un hombre de avanzada edad dormitaba en su mecedora, en el patio trasero de su casa de campo, donde vivía sus últimos años con su anciana esposa. Y cuentan que a dos metros de distancia de él, hubo un diálogo que no escuchó. La casita, toda de madera, aparecía semi escondida en medio de numerosos árboles.

Esto fue lo que hombre no pudo escuchar:

- Te hubieras ido cuando pudiste. Te amo y sé que me amas, pero te hubiera preferido libre como el viento, como siempre, dijo una voz.

- Pero mi libertad sería una prisión sin tu libertad -refirió otra voz con ternura-. Mas no te preocupes... anoche tuve un sueño.

- ¿Qué soñaste mi amor?

- Que tú y yo volábamos juntos.

-Mmm... ¿entonces crees que podamos salir de aquí?

-Sí, tengo esa confianza -respondió la segunda voz con seguridad infinita- al tiempo que posaba sus ojitos en el cielo azul oscuro de la tarde y en la espesura del bosque que a unos cuantos metros comenzaba.

Algo despertó al hombre, se levantó de su mecedora y dijo:

-Mujer, abriré la puerta de la jaula de los pajarillos que ayer atrapé. Los dejaré ir... un día y una noche han sido suficientes. Además, ahora mismo, en esta siesta... soñé algo.

- ¿Qué soñaste mi amor?

- Que tú y yo volábamos juntos..-.

331

ÍNDICE